ILLUMINATION PRÉSENTE

TOUS EN SCÈNE 2

Le roman du film

Hachette Livre, 58, rue Jean-Bleuzen, 92178 Vanves Cedex.
Traduction : Christophe Rosson.
Création graphique du roman : Le chalet graphique.

ILLUMINATION PRÉSENTE

TOUS EN SCÈNE 2

Le roman du film

hachette
JEUNESSE

Buster Moon

Attention à ne pas se fier à sa petite taille : Buster Moon a une ambition énorme et un cœur gros comme ça ! Il a monté une troupe musicale dont il est très fier, et il fait désormais salle comble dans son théâtre. Mais Buster voit plus grand encore… Son rêve ? Monter un spectacle incroyable, énorme, magnifique, et attirer des milliers de spectateurs !

La troupe

Les chanteurs et danseurs de la troupe de Buster sont animés par la joie et le talent ! Ils forment une super équipe et sont tous complémentaires et s'aident à grandir, tant professionnellement qu'humainement : Meena a su vaincre sa timidité, Rosita a pu s'émanciper, Johnny s'est affirmé, Gunter s'est assumé et Ash a pris confiance en elle... Ce n'est plus une troupe, c'est une vraie famille !

Jimmy Cristal

Cet immense producteur gère le plus grand théâtre du monde. Être repéré et se produire sur la scène de Redshore City, c'est le rêve de tout artiste sur Terre… Aussi exigeant que désagréable, ce n'est pas facile de se faire une place dans son entourage. Mais Buster Moon a plus d'un tour dans son sac pour impressionner le terrible Jimmy Cristal ! Le producteur a une fille, Porsha, qui rêve, elle aussi, de devenir une star…

Clay Calloway

Star mondialement connue et reconnue, Clay Calloway s'est retiré de la vie publique depuis de nombreuses années. Après des décennies de gloire et de paillettes, la super star a dû faire face à la mort de sa femme, et il n'a jamais réussi à remonter sur scène depuis. Terré et reclus dans la forêt, il ne veut plus entendre parler de personne, et encore moins de show business...

01

Sur la scène du nouveau théâtre Moon, le spectacle se déroule à merveille. Les artistes chantent et dansent, ils y mettent tout leur cœur ! Cette représentation doit être inoubliable car il y a un spectateur très important dans la salle.

En coulisse, Buster Moon, le koala optimiste et propriétaire du théâtre, jette un coup d'œil discret derrière le rideau.

– Alors, elle est là ? l'interroge Rosita, une truie qui fait partie de la troupe.

Buster sourit et hoche la tête.

– Oui, au milieu de la troisième rangée. À ce qu'on raconte, c'est elle, la meilleure dénicheuse de talents.

Tous les artistes en coulisse s'agglutinent autour de Buster pour voir comment la dénicheuse réagit à leur spectacle.

– Je ne saurais dire si ça lui plaît, se désole Meena, une jeune éléphante à la jolie voix mélodieuse.

– Suivez-moi, reprend Buster. On la verra mieux d'en haut.

Buster entraîne Rosita, Meena, Gunter le cochon et Johnny le gorille sur une plate-forme. Il actionne un levier et la plateforme s'élève jusqu'à une passerelle située au-dessus de la scène. Ils peuvent ainsi voir les coulisses, la scène, mais aussi les spectateurs.

Miss Crawly, un vieil iguane doté d'un œil de verre, épie déjà la dénicheuse de talents depuis la passerelle à l'aide d'un télescope.

– Tout va bien, là-haut, Miss Crawly ? l'interroge tout bas Buster.

– Très bien, répond l'iguane en lui tendant une photo de la dénicheuse et une liste de ses réactions. J'ai compté neuf sourires, deux éclats de rire et cinq gloussements… Enfin, le dernier était peut-être un rot.

Dans la salle, Suki Lane, la dénicheuse, suit le spectacle avec une grande concentration.

– Alors, c'est bon ? demande Buster. Ça veut sûrement dire que le spectacle lui plaît…

– Vous le croyez vraiment ? trépigne Meena.

– Moi je l'espère, en tout cas ! intervient Rosita.

Ils n'ont qu'une envie : qu'elle raffole de leur spectacle et qu'ils se produisent à Redshore City.

– Il faudrait être zinzin pour ne pas aimer notre show ! insiste Gunter avec un accent allemand à couper au couteau.

– Bien. Surtout, ne nous relâchons pas, réclame Buster. Retournez tous vous préparer !

Il raccompagne les artistes sur la plate-forme afin de les redescendre sur scène.

– Faites de grands et magnifiques rêves ! enchaîne Buster avec un sourire. C'est ce que j'ai toujours dit, non ?

– Hmm, hmm, acquiesce Miss Crawly, qui épie toujours la dénicheuse de talents.

– Encore quelques efforts, et à nous la capitale mondiale du spectacle ! prédit Buster.

Mais tout à coup, Miss Crawly lève la tête.

– Monsieur Moon, s'étrangle-t-elle. Elle s'en va !

– Hein ? s'étouffe Buster.

La dénicheuse ne peut pas partir si tôt ! On n'en est même pas à l'entracte !

Buster se précipite au salon situé à l'entrée du théâtre. Là, il aperçoit Suki Lane en train de consulter son téléphone. Il dévale les marches pour l'intercepter.

– Euh, Suki ? l'interpelle-t-il, un peu essoufflé. Suki Lane ?

Hélas, la dénicheuse se dirige vers la sortie sans lui prêter la moindre attention.

– Je suis Buster Moon, poursuit le koala. Euh, bonsoir ? Ravi que vous ayez pu être des nôtres. Euh… je peux vous offrir du pop-corn ?

Aussitôt, il s'empare d'un paquet et le tend à la dénicheuse.

– Oh, non merci, répond Suki. Je n'assisterai pas à la seconde partie du spectacle, alors…

– Ah bon ? Il nous semblait pourtant que vous vous amusiez. Enfin, on ne vous espionnait pas, mais…

– C'est un gentil petit spectacle, reconnut Suki. Disons que ce n'est pas ce que nous recherchons.

Elle franchit les portes du théâtre.

– Mais, euh, attendez ! essaie encore de la retenir Buster. Vous ne pouvez pas louper la seconde partie. Elle est formidable !

Suki s'arrête et se tourne vers le koala.

– Soit, monsieur Moon, déclare-t-elle dans un soupir. Vous me permettez d'être honnête ?

– Tout à fait.

– Vous en êtes sûr ? En général, quand on dit ça, on ne le pense pas vraiment.

– Je vous assure, allez-y !

– Vous n'avez pas le niveau, affirme Suki sur un ton définitif.

La réflexion de Suki fait l'effet d'une gifle à Buster.

– Quoi ? s'étrangle-t-il.

– Taxi ! réclame Suki, un bras levé.

Elle se tourne ensuite vers Buster, qui a toujours son carton de pop-corn en mains.

– Vous savez quoi ? reprend-elle. Je crois que je vais accepter ce pop-corn.

Aussitôt après, elle monte dans un taxi.

Juste avant de refermer la portière, elle dit à Buster :

– Écoutez, vous avez un gentil petit théâtre, il est très bien dans son genre. Mais croyez-moi : vous ne réussirez jamais à atteindre le top niveau. Bonne soirée !

VROUM ! Le taxi s'éloigne déjà.

– Alors ? Elle a dit quoi ? demande une voix.

Buster se retourne et découvre Nana Noodleman derrière lui.

– Je reviens tout de suite ! s'écrie-t-il en prenant ses jambes à son cou.

À l'arrière du taxi, Suki parle au téléphone en grignotant du pop-corn.

– Hmpf… Quelques rires et de bonnes idées mais… ce n'est vraiment pas pour nous…

TAP ! TAP ! TAP !

Suki lève la tête : c'est Buster ! Il toque à sa vitre ! Le koala suit le taxi à vélo…

– C'est encore moi ! s'exclame-t-il.

Suki raccroche et lui dit :

– Mais vous êtes fou ?

– Vos prochaines auditions, c'est pour quand ? lui demande Buster.

– Pour demain, répond Suki. Mais vous n'avez…

TÛÛT !

Buster a failli se faire renverser !

– Vous ne pourriez pas au moins nous laisser nous produire devant votre chef ? supplie-t-il.

Suki remonte sa vitre et s'adresse au chauffeur :

– Vous voulez bien semer ce fou furieux ?

Le taxi accélère puis négocie un virage. Buster, lui, percute un muret et valdingue dans un canal.

PLOUF ! Le koala disparaît sous l'eau… avant de refaire surface sur le dos d'une baleine. Et l'animal souffle par son évent avant de projeter Buster dans le ciel.

Trempé et déprimé, Buster regagne le nouveau théâtre Moon. Au passage, il jette un coup d'œil à l'affiche rigolote du spectacle, et pousse un soupir.

Puis il va se sécher grâce au sèche-mains des toilettes. Le koala se transforme aussitôt en une énorme boule de poils.

Au même instant, les portes du théâtre s'ouvrent et les spectateurs sortent. Tous ont le sourire aux lèvres. Le spectacle leur a plu, on dirait…

Hélas, leur enthousiasme ne remonte pas le moral de Buster.

Quand tout le monde est parti, Nana Noodleman vient chercher Buster dans son bureau.

– Monsieur Moon ? lance-t-elle en poussant la porte.

Mais elle ne trouve le koala ni derrière le sofa, ni sous la table de travail. Lorsque enfin elle ouvre un tiroir… Buster est là, toujours en mode boule de poils.

– Monsieur Moon ? s'étonne Nana.

– Je suis un raté, Nana, soupire Buster.

– Balivernes.

– J'ai visé trop haut…

Nana secoue sa tête laineuse et insiste :

– Un seul commentaire négatif suffit à vous démoraliser ?

– Enfin, Nana ! Elle a dit que je n'avais pas le niveau. Que ma destinée, mes espoirs et mes rêves n'iraient jamais plus loin que ce théâtre !

Nana hausse les épaules.

– Vous vouliez quoi ? Qu'elle tombe à genoux et crie au génie ?

– ELLE M'A JETÉ DANS UN CANAL ! précise Buster.

Mais Nana ne se laisse pas démonter.

– Vous êtes toujours en un seul morceau, non ?

Buster n'en revient pas qu'elle soit si froide.

– Oui, mais… tente-t-il d'argumenter.

– Quand on cherche à réaliser ses rêves, le coupe Nana, un plongeon dans le canal, ce n'est pas ce qu'il y a de pire !

Buster continue de se lamenter :

– J'aurais cru que Suki Lane nous trouverait au moins *corrects*…

– On s'en moque de ce qu'elle pense. Vous ne la connaissez même pas. L'important, c'est de savoir si *vous*, vous pensez avoir le niveau.

– Ça oui ! Mais, mais…

– Alors vous devez vous battre ! Du courage, de l'énergie, de la confiance : voilà ce qu'il vous faut ! Sans ça ? Alors peut-être que cette dénicheuse a raison…

Elle se dirige vers la porte et ajoute :

– … Peut-être que vous n'avez pas le niveau.

Ce soir-là, Buster n'arrive pas à dormir. Il finit par jeter son oreiller et par descendre dans son atelier. Là, il ouvre une grande malle et la remplit de costumes et d'accessoires.

Ensuite, il sort cette malle dans la rue et passe un coup de téléphone à Rosita.

– Non, je sais, lui assure-t-il, mais tu *dois* me faire confiance. Le jeu en vaudra la chandelle.

Arrivé devant un club de rock, il ajoute :

– Je suis devant son club. Appelle les autres et rejoignez-moi tous dans une demi-heure, tu veux bien ? Parfait ! Merci !

Sur ce, Buster entre dans le club. La petite salle est bondée de fans de rock. Sur une scène minuscule, Ash, un porc-épic femelle, est en train de chanter. Lorsqu'elle a terminé, les spectateurs lui font un tonnerre d'applaudissements.

– Merci beaucoup, merci à tous ! leur dit Ash. Bonne nuit !

Sitôt qu'elle descend de la scène, elle repère Buster qui l'attend en coulisse.

Ravie de revoir son ami, elle court l'enlacer.

– Dis donc, tu étais vraiment super, ce soir ! la félicite le koala.

– Merci, lui sourit Ash. D'ailleurs, il faut que j'y retourne pour le rappel.

Elle s'apprête à remonter sur scène quand Buster lui demande :

– Tu as quelque chose de prévu après ton concert ?

– Euh, non, rien, avoue Ash.

– Alors écoute…

Buster lui récite le petit discours qu'il a préparé dans sa tête :

– Je sais que ça va te surprendre mais… tu as toujours dit que tu aimerais revenir travailler avec nous quand le moment serait le bon.

– Je confirme ! approuve Ash.

– Eh bien, ce moment est arrivé, annonce Buster.

Au même instant, le propriétaire du club, un crocodile du nom de Rick, le bouscule.

– Tiens, dit-il à Ash. Ton chèque.

Buster ne se laisse pas démonter pour autant.

– Je réunis notre petite bande, reprend-il. On va auditionner pour un énorme…

– Une petite minute, le coupe Ash en examinant son chèque. Hé, Rick ! Pourquoi tu me paies moitié moins que l'autre groupe ?

– Je te paie à ta juste valeur, ma belle, lui rétorque le crocodile en haussant les épaules.

Ash plisse les yeux.

– Ah d'accord, peste-t-elle. Tu vois, Rick, je ne laisse jamais les gens comme toi me dire ce que je vaux. Alors si tu ne me paies pas autant que les autres, je m'en vais.

– Mon club est le seul de la ville ! s'esclaffe Rick. Où comptes-tu aller te produire, dis-moi ?

– Aucune idée, reconnaît Ash. Mais il est hors de question que je reste chez toi !

Sur ce, elle tourne le dos au crocodile et se dirige vers la sortie.

– On y va, dit-elle au passage à Buster.

Celui-ci lui emboîte le pas, en traînant sa lourde malle derrière lui.

À la gare routière, le reste de la troupe est déjà réuni.

– OK, dit Buster, tout essoufflé par la longue course. J'ai nos tickets ! Quelqu'un a vu Mademoislle Crawly ? Tiens, Johnny, ton ticket.

Johnny le gorille n'a pas l'air très emballé par le grand projet du koala.

– Monsieur Moon, prononce-t-il d'une voix hésitante, je m'excuse, mais je ne la sens pas trop, cette affaire…

– Quoi ? s'étonne Buster. Non, non, non, attends !

– Dernier appel ! aboie le chauffeur. En route !

Meena s'approche de Buster et, d'une voix penaude, lui confie :

– Johnny a raison. C'est vrai… la dénicheuse a trouvé que nous n'avions pas le niveau.

– Qu'est-ce qu'elle y connaît, celle-là ? rouspète Ash.

– Rien du tout, c'est clair, appuie Gunter.

Buster, lui, secoue la tête.

– Elle avait tort, affirme-t-il. Notre spectacle affiche complet tous les soirs, ce n'est pas sans raison ! Et je peux vous assurer que son patron va nous adorer !

– Ou alors, on pourrait essayer de proposer autre chose ? suggère Gunter.

– Gunter, je t'en prie. Laisse-moi gérer.

TÛT-TÛT !

– Cette fois c'est bon, on s'en va ! s'impatiente le chauffeur du car.

– J'ai imaginé une comédie musicale qui se passe dans l'espace, ça n'intéresse personne ? insiste Gunter.

WOOUSH ! Les portes du car se referment. *VROUM !* Le véhicule démarre.

– Venez tous, vite ! s'écrie Buster en s'élançant après le car. Attendez !

IIIIII ! Le chauffeur écrase la pédale de frein. Quelqu'un vient de se planter devant son car pour l'arrêter… C'est Rosita !

La truie s'adresse à ses collègues et amis :

– Écoutez-moi tous ! Je rêve de me produire à Redshore City depuis que je suis toute petite. En plus, j'ai réussi à convaincre mon mari de jouer les baby-sitters les prochaines vingt-quatre heures, alors je ne vais pas laisser filer une occasion pareille. Du nerf ! Nous n'avons rien à perdre !

Buster monte dans le car, suivi par le reste de la troupe.

Tandis que le véhicule quitte la gare routière, il aperçoit une silhouette dans l'allée centrale. Quelqu'un transporte un carton rempli de gobelets de café.

– Ah, Miss Crawly ! se réjouit-il. Vous êtes un ange. Ce café ne sera pas de trop pour nous tous !

Durant les heures qui suivent, tandis que le car traverse le désert en pleine nuit, la troupe répète son spectacle. Chaque artiste porte un élément de costume ou tient un accessoire à la main pour suggérer un personnage. Les autres voyageurs bougent la tête au rythme des chansons que la troupe interprète.

Quand l'aube se lève, Buster règle les derniers détails.

Meena, elle, regarde par la vitre.

Tout à coup, elle se tourne vers ses collègues et annonce :

– On arrive, les amis !

Tous se pressent contre les vitres du car afin d'admirer les immenses hôtels, les manèges, les fontaines et les monorails de Redshore City. La petite troupe de Buster Moon ne tient plus en place !

Le car les dépose devant le Crystal Building, l'un des plus hauts immeubles de la ville. C'est ici que le célèbre producteur M. Crystal présente ses fameux spectacles.

– Allons leur faire découvrir la magie du théâtre Moon ! déclare Buster.

Les artistes lui répondent par des vivats. C'est le grand jour !

Une fois arrivé à la réception de l'immeuble, Buster demande à voir M. Crystal.

– Non, lui répond la réceptionniste d'une voix glaciale.

– Non ? répète Buster, déçu. Comment ça, non ?

– Pas de rendez-vous, pas d'entrée, explique la réceptionniste.

Buster reste planté devant elle. Il cherche l'argument qui lui permettra de décrocher une audition auprès du légendaire producteur.

– Dois-je appeler la sécurité ? lui demande la réceptionniste en voyant qu'il ne s'en va pas.

Rosita tire Buster par le bras.

– Ne restons pas ici, lui chuchote-t-elle.

– Je vous le déconseille, en effet, abonde la réceptionniste.

Les autres artistes se dirigent vers la sortie, la mine défaite. Buster, lui, entend la réceptionniste annoncer à un orang-outan que les auditions se déroulent au 187e étage. Aussitôt, il entraîne la troupe dans un local d'entretien.

Buster examine le réduit et cherche l'inspiration. Il avise une foule de produits d'entretien ainsi qu'un gros chariot nettoyeur – un de ceux qui se conduisent tout doucement, dans les allées des supermarchés, par exemple. Tout à coup, sur un mur, il repère un portrait encadré de l'« Employé du mois ». Et c'est un éléphant !

À côté de la photo est suspendue une énorme salopette.

– Meena ! s'écrie Buster en décrochant le vêtement. Elle doit être à ta taille, non ?

L'éléphante ouvre des yeux tout ronds.

VVVVVVRRRRRR...

La réceptionniste lève les yeux dès qu'elle entend ce vrombissement. Elle découvre le chariot motorisé qui s'approche de son bureau. C'est Meena qui le pilote : elle a revêtu la salopette de l'Employé du mois, ainsi qu'une casquette. Une brosse noire lui sert de moustache. Son déguisement va-t-il berner la réceptionniste ?

– Bonjour, Ricky, la salue celle-ci d'une voix lasse.

Le stratagème fonctionne !

Les autres artistes se cramponnent de l'autre côté du chariot, où la réceptionniste

ne peut les voir. Tous portent des salopettes qui ne sont pas vraiment à leur taille.

Tout à coup, le téléphone sonne, et la réceptionniste décroche.

Hélas, voilà que le chariot se met à pencher du côté où se tiennent Buster et ses amis.

– Accrochez-vous, chuchote Buster.

Miss Crawly s'incline si bas que son œil de verre touche par terre et roule dans son orbite. Mais par miracle, la petite troupe parvient à atteindre les ascenseurs sans que la réceptionniste ne les repère. Ils descendent alors de leur véhicule et se précipitent dans une cabine.

– Bien joué ! claironne Buster. Et maintenant, on monte !

Avant de rejoindre ses collègues, Meena récupère des balais sur le chariot. Les artistes sont enfin au complet dans l'ascenseur, les portes se ferment.

La cabine s'élève à toute allure jusqu'au 187e étage. *DING !* Les portes coulissent et Buster découvre une grande salle d'attente. Toutes les chaises sont occupées par des gens qui regardent, perplexes, l'ascenseur rempli de drôles d'agents d'entretien…

– Balai, tout le monde, chuchote Buster.

Les artistes sortent aussitôt de la cabine en balayant et s'éclipsent dans le couloir.

– Tâchons de trouver un endroit où nous pourrons nous changer, décide Buster.

Dans la foulée, les artistes se retrouvent dans les coulisses d'un gigantesque auditorium. Laissant les autres enfiler leurs tenues d'audition, Buster jette un coup d'œil discret dans la salle. Il y aperçoit un loup blanc entouré d'une équipe d'assistants. *Ce doit être M. Crystal,* estime-t-il. *La personne qui va décider si la troupe du nouveau théâtre Moon a le niveau pour se produire à Redshore City.*

– Regardez, murmure-t-il. C'est lui. Le célèbre Monsieur Crystal.

Les candidats défilent et, chaque fois, M. Crystal écourte leur performance d'un coup de buzzer. Trois poussins chantent, perchés sur une cheminée factice. *BZZZZZ !* Une tortue et deux chimpanzés font un tour de magie. *BZZZZZ !* Un lapin donne la sérénade à un hippopotame. *BZZZZZ !* Une jument vêtue d'une robe élégante chante avec émotion. *BZZZZZ !* Six hérons se lancent dans un numéro de percussions. *BZZZZZ !* Des cochons dansent le ballet. *BZZZZZ !* Une limace en sweat-shirt interprète une chanson, lovée sur un téléphone. *BZZZZZ !*

– Bon, aboie M. Crystal, où sont les prochains candidats, Jerry ? Pourquoi me fait-on attendre ?

– Oh, c'est que... bredouille son assistant, un chat.

– Rends-toi utile ou dégage ! menace M. Crystal.

Jerry avise alors Buster qui l'observe derrière le rideau.

– Hé, toi ! Tu viens pour l'audition ?

– Euh, oui, répond Buster.

Il se tourne vers ses protégés et leur chuchote :

– C'est à nous, les gars !

Malgré le trac qui les fait trembler, les artistes se pressent sur scène. Ils sont fin prêts.

– Ton nom ? demande Jerry à Buster.

– Buster Moon, répond celui-ci. Du nouveau théâtre Moon.

Le koala se tourne vers la salle et s'adresse à M. Crystal :

– Nous sommes ravis de pouvoir vous présenter notre petite histoire, monsieur.

– Fabuleux… souffle M. Crystal, pas plus impressionné que cela. Allez-y !

– Avec joie ! acquiesce Buster.

Aussitôt, il se tourne vers sa troupe.

– OK, tout le monde. On fait comme aux répétitions.

Miss Crawly envoie la musique, Meena et Johnny s'avancent.

Buster annonce au micro :

– C'est l'histoire d'une lycéenne ordinaire qui découvre…

BZZZZZ !

– Stop ! ordonne M. Crystal.

– Stop ? s'étonne Buster.

Mais ils viennent à peine de commencer ! Miss Crawly coupe la musique. Les artistes restent bêtes.

M. Crystal secoue la tête et explique :

– « Lycéenne » et « ordinaire » sont deux mots qui n'auront jamais leur place dans mes spectacles.

Le producteur se tourne vers son assistant.

– D'où est-ce que tu les sors, ces zigotos ? l'interroge-t-il.

Jerry pousse aussitôt la troupe du nouveau théâtre Moon vers la sortie.

– Si vous pouviez vous en aller le plus vite possible, ce serait formidable. S'il vous plaît.

– Je veux du grand spectacle, Jerry ! s'écrie M. Crystal. De grandes idées !

– Oui, monsieur ! s'enthousiasme le chat. Du grand ! Du très grand !

Gunter se dirige vers l'avant-scène et déclare :

– Hé ! Moi, j'ai une grande idée !

– C'est bon, mon chou, le retient Rosita en s'efforçant de le conduire vers la sortie. Viens, on s'en va.

Mais Gunter s'entête :

– Une comédie musicale dans l'espace ! C'est une grande idée, ça, non ?

M. Crystal paraît un tout petit peu intrigué. Gunter en profite :

– Il y a des aliens, des robots, des lasers et des super chansons de Clay Calloway…

– Clay Calloway ? le coupe M. Crystal. J'adore Clay Calloway !

Voilà qui remotive instantanément Buster.

– Il est génial, Clay, hein ? réplique le koala. Tout le monde est fan !

M. Crystal se lève de son siège et dit :

– Tu vois, Jerry ? Ça c'est exactement le genre de grandes idées qu'il me faut.

– Oui, monsieur ! approuve le chat.

Le producteur s'adresse alors à Buster :

– Comment s'appelle-t-il, votre spectacle ?

– Comment il s'appelle ? bredouille Buster, qui n'en a pas la moindre idée. Euh, Gunter ? Tu veux bien donner le titre du spectacle à Monsieur Crystal ?

Le cochon réfléchit à toute vitesse et répond :

– Il s'appelle… « Un autre monde ».

– C'est ça ! embraie Buster. Imaginez un peu ! (Il fait signe à Ash, qui se met à jouer une chanson de Clay Calloway.) Une comédie musicale spectaculaire qui transportera vos spectateurs dans un autre monde !

Johnny se joint à Ash et, bientôt, c'est la troupe entière qui interprète la chanson de Calloway.

– J'adore cette chanson, s'émerveille M. Crystal.

Mais la performance est interrompue par l'arrivée de Suki Lane, la dénicheuse de talents.

– Votre rendez-vous de midi… commence-t-elle.

– Pas maintenant ! lui rétorque Crystal.

– Moon ?! s'étrangle Suki. Comment êtes-vous arrivé jusqu'ici ?

M. Crystal ne relève pas la question et interroge à son tour Buster :

– Et donc, Clay Calloway vous a donné l'autorisation d'utiliser ses chansons ?

– Eh bien, euh… fait Buster. Et si je vous disais que oui ?

Pour lui, ce n'est pas un mensonge. Juste une petite tromperie…

– Ah, bien, d'accord, reprend le producteur. Donc vous avez une relation personnelle avec lui.

Buster hésite une seconde avant de déclarer :

– Comment pourrais-je obtenir sa permission, autrement ?

De son côté, Ash se démène pour attirer l'attention de Buster.

– Moon ! chuchote le porc-épic.

M. Crystal ne remarque rien car il vient d'avoir une idée fabuleuse.

– Attendez… puisque vous le connaissez… Vous pourriez le convaincre de participer au spectacle, non ? Ce serait énorme pour mon théâtre et pour moi.

– Navrée de vous interrompre, monsieur, intervient Suki. Mais… vous pensez vraiment que ce petit bonhomme sorti de nulle part va convaincre Clay Calloway de monter sur scène ?

À ces mots, Buster bombe son torse de koala et dit :

– Pour votre gouverne, Suki, je ne suis pas juste un petit bonhomme sorti de nulle part.

Le regard plein de détermination, il se tourne vers M. Crystal et affirme :

– C'est comme si c'était fait, monsieur.

Quelques secondes plus tard, les portes de la salle d'attente s'ouvrent en grand. M. Crystal les franchit, suivi par Buster, sa troupe, Suki et Jerry.

– Vous avez trois semaines pour monter ce spectacle, Moon. Vu ? annonce le producteur.

– Oui, monsieur ! se réjouit le koala. Merci !

Ash demande alors à Buster :

– Moon, vous connaissez vraiment Clay Calloway ?

– Chuuut, lui réplique Buster. Pas maintenant !

Cinq minutes plus tard, tout le monde se retrouve sur le toit de l'immeuble.

M. Crystal s'apprête à monter dans son hélicoptère, quand il ordonne à Jerry :

– Je veux qu'ils se mettent au travail sur-le-champ. Présente-leur nos costumières, nos danseurs – veille à ce qu'ils ne manquent de rien. Et trouve-leur des chambres à l'hôtel, d'accord ? Les plus belles suites. La totale.

– Oui, monsieur, déclare Jerry en prenant des notes dans son carnet. Tout à fait !

Crystal se fige soudain.

– Une dernière chose, dit-il, le regard braqué sur Buster. Ne vous avisez pas de me mettre la honte. Autrement, je vous jette du haut du toit.

Les membres de la troupe sont fous de joie ! Mais Buster remarque que Suki a l'air en pétard.

– Sans rancune, hein ? va-t-il lui dire.

– Vous n'imaginez même pas dans quoi vous vous êtes embarqués, lui réplique Suki.

Sur ce, elle tourne les talons et s'en va.

Ash prend Buster à part.

– Vous avez perdu la tête ? s'inquiète-t-elle.

– Pourquoi ? lui renvoie Buster.

– Mais enfin… Clay Calloway… Je suis sa plus grande fan, et je vous assure qu'il vit coupé du monde. Personne ne l'a plus revu depuis quinze ans, quand sa femme est morte…

– Miss Crawly ! s'exclame Buster. Vous devez m'aider à trouver Clay Calloway. Son adresse, son téléphone, n'importe quoi, mais vous devez le trouver.

– À vos ordres, monsieur ! accepte l'iguane en se mettant au garde-à-vous.

Le soir même, Buster est installé dans une suite sublime du Crystal Tower Hotel. Il écrit le spectacle « Un autre monde » avec Gunter.

Le petit cochon énumère des idées que le koala note sur son ordinateur portable.

– Bon, dit Gunter avec son gros accent allemand. Alors un type entre côté jardin et on enchaîne par une scène de tango entre extraterrestres !

Buster pianote aussi vite que possible et répète les éléments principaux :

– Tango… extraterrestres. J'adore !

– Une minute ! s'écrie soudain Gunter. J'ai une meilleure idée. Ça pourrait faire une grande scène sous-marine, non ?

– Sous-marine ? hésite Buster.

C'est que… il voit mal comment organiser la chose dans un théâtre ! Gunter, lui, est sûr de son fait.

– *Ja, ja,* c'est génial. Notez, notez !

– Hmm, grommelle Buster. D'accord !

Mais sitôt qu'il se met à taper sur son clavier, Gunter l'arrête :

– Stop ! Attendez ! J'ai une meilleure idée !

– Gunter, tu ne peux pas changer d'avis toutes les trente secondes ! proteste Buster.

– Et pourquoi pas ? l'interroge Gunter.

– Parce que dans précisément vingt minutes, le reste de la troupe va débarquer pour commencer les répétitions, et que nous devrons être prêts !

DING DONG ! La sonnette ! Terrifié, Buster scrute la porte de sa chambre.

– Oh non ! s'exclame-t-il. Ils sont en avance !

Buster va ouvrir la porte et interroge au passage Miss Crawly :

– Des nouvelles de Calloway ?

– Aucune, répond l'iguane.

Miss Crawly saisit ensuite une carte glissée dans une corbeille de fruits et la lit.

– Oh, un cadeau de Monsieur Crystal, annonce-t-elle. Il a marqué : « Ne vous plantez pas, Moon. Sinon gare à vous. »

08

Le lendemain matin, artistes et techniciens sont réunis autour de Buster dans le gigantesque auditorium.

– Bonjour à tous ! lance le koala d'une voix guillerette. Au nom de moi-même et de la troupe, je tiens à dire qu'avoir la possibilité de travailler avec vous au théâtre de la Crystal Tower est un honneur incroyable. Et je crois que, tous ensemble, nous allons monter un spectacle qui emmènera le public… dans un autre monde !

Immédiatement après, il révèle une maquette du plateau futuriste de la comédie musicale.

– Ooooh ! s'extasient artistes et techniciens.

Puis il déploie la maquette et installe une petite navette spatiale, suspendue à un fil.

– Et voici la star de notre spectacle… Rosita !

– Ha, ha ! jubile Gunter. C'est toi, bébé !

– Moi ? s'étrangle Rosita. La star ?

– Fais-moi confiance, lui assure Buster. Tu seras parfaite.

Les autres applaudissent Rosita et l'enlacent : tous sont heureux pour elle.

– Quand mes petits vont savoir ça ! s'émeut la truie.

– Donc, embraie Buster, Rosita incarnera une astronaute en mission de sauvetage dans l'espace. Elle part chercher un collègue disparu en compagnie de son fidèle robot…

– C'est moi ! claironne Gunter.

– Ensemble, ils suivent une piste qui les conduit sur quatre planètes différentes. La planète de la guerre, la planète de l'amour, celle du désespoir et celle de la joie. Chacune aura droit à un numéro musical spectaculaire interprété par un de nos fabuleux artistes.

Les membres du nouveau théâtre Moon piaffent d'impatience : le spectacle s'annonce merveilleux !

– Et ça se termine comment ? demande Rosita. Est-ce que je retrouve l'explorateur ?

– Nous n'avons pas encore écrit la fin, avoue Gunter.

Aussitôt, chanteurs et danseurs échangent des murmures inquiets.

Buster tente d'apaiser la tension.

– Non, non, non, Gunter, dit-il. Nous avons plusieurs idées formidables, pour la fin. Il ne nous reste plus qu'à peaufiner les derniers détails !

Puis il change de sujet :

– Bon ! Nous n'avons que trois semaines pour tout préparer, alors... au travail !

Buster se tourne ensuite vers Johnny le gorille et lui annonce :

– Johnny, tu vas jouer un guerrier extraterrestre dans une scène de bataille épique !

– Yes ! triomphe le primate en levant le poing.

– Suis-moi, décide Buster.

Il conduit Johnny au studio du théâtre de la Crystal Tower où les danseurs répètent leurs chorégraphies.

– Johnny, reprend Buster, voici tes partenaires.

– Salut à tous, lance Johnny.

Puis il se penche pour chuchoter à Buster :

– Je n'étais pas censé jouer dans une scène de bataille ?

– Si, si, lui assure le koala. Mais Gunter voyait plutôt ça comme une *battle* de danse.

– D'accord... fait Johnny, pas du tout enthousiaste à l'idée de danser.

– Ne t'en fais pas, tente de le rassurer Buster. Tu vas travailler avec le meilleur chorégraphe de Redshore City !

À ces mots, il donne une carte de visite à Johnny. Sur cette carte figure la photo d'un singe à la mine pas commode.

– Klaus Kickenklober ? lit tout haut Johnny.

– Il va faire de toi un pro de la danse en un clin d'œil, confirme Buster.

C'est alors que Meena déboule dans le studio. Elle aussi a l'air angoissée.

– Monsieur Moon ? demande-t-elle.

– Qu'y a-t-il, Meena ? s'inquiète Buster en l'entraînant à l'écart.

– Gunter m'a prévu une scène romantique, déclare l'éléphante, toute nerveuse.

Puis, à voix basse, elle ajoute :

– Je vais devoir *embrasser* quelqu'un.

– Exact, acquiesce Buster, ce sera une scène fabuleuse.

– Mais, monsieur Moon, avoue Meena, je n'ai jamais eu de petit copain !

– Oh, ne t'en fais pas pour ça, réplique le koala en lui tapotant le flanc. Je vais te choisir un super partenaire.

– Vous le promettez ?

– Oui, je te le promets.

Le soir même, dans la grande suite de Buster, Gunter et ce dernier se creusent encore les méninges.

BAM ! La porte de la suite s'ouvre violemment et une foule de cochonnets déboule en criant « MAMAN ! ». Les petits fous courent se jeter sur Rosita.

– Oh, mes amours ! glapit la truie. Vous êtes venus ! Je ne vous attendais pas avant demain !

Son époux, Norman, entre à son tour avec une tonne de bagages. Bien qu'épuisé, il sourit, heureux de revoir son épouse.

– Ils n'en pouvaient plus d'attendre, explique Norman. Alors comme ça, c'est toi, la star du spectacle ?

– C'est hallucinant, non ? lui répond Rosita en souriant. Mon rêve va enfin se réaliser.

– Je sais. Je suis très fier de toi, ma chérie.

Pendant ce temps, Buster croule littéralement sous les cochonnets.

– Euh… bredouille-t-il. Au secours, quelqu'un !

– Monsieur Moon ! l'interpelle Miss Crawly.

Buster se tourne vers elle et découvre qu'elle lui montre une photo de Clay Calloway.

– Je l'ai trouvé ! triomphe l'iguane.

– Miss Crawly, décide Buster, vous allez louer une voiture et apporter une lettre à Clay Calloway.

Son regard se pose sur la corbeille de fruits que leur a envoyée M. Crystal.

– … Et aussi cette corbeille, ajoute-t-il.

Le lendemain matin, Johnny fait de son mieux pour danser comme Klaus Kickenklober le lui demande. Hélas, il a du mal à enchaîner les pas.

– C'est nul ! commente Klaus. Vraiment mauvais.

Frustré, Johnny sort du studio de danse.

– Ce type me déteste ! rouspète le primate.

À quelques mètres d'eux, Rosita est en pleine séance d'essayage.

– Accroche-toi, Johnny, conseille-t-elle. La première semaine, c'est toujours dur.

– Oui, tu as raison, approuve le gorille en s'affalant à côté de Meena.

Avisant l'éléphante, Buster lui dit :

– Meena ! Viens que je te présente ton partenaire ! Il s'appelle Darius. Il a gagné un tas de récompenses, le courant devrait bien passer entre vous.

Hélas, dès que Meena découvre Darius, un yak, elle grimace : ce Darius est très sûr de lui – arrogant, même.

Le voilà qui se vante de son dernier spectacle :

– Ma partenaire, dit-il, était exactement comme toi, Gina. Elle était…

– Moi, c'est Meena, rectifie gentiment l'éléphante.

– Pardon ? lui renvoie Darius.

– Mon prénom, c'est Meena, pas Gina.

– Bon, embraie Darius en reniflant. À l'avenir, veille à ne pas m'interrompre comme ça.

Au moment de répéter leur duo, Darius fait de grands gestes romantiques à Meena, mais celle-ci s'écarte, gênée.

– Eh mince… se lamente Buster.

Le courant ne passe pas si bien que ça…

Au volant de sa voiture de location, Miss Crawly traverse une forêt si obscure qu'elle est obligée d'allumer ses phares. Soudain, elle voit se dresser en travers de la route une clôture composée de barils d'essence et de fils de fer barbelé !

L'iguane descend de voiture, la corbeille de fruits et la lettre adressée à Clay Calloway

en mains. Elle escalade la clôture puis suit un sentier qui aboutit à un lac près duquel une grande et belle maison se trouve nichée parmi les arbres.

Miss Crawly parvient à se glisser dans l'embrasure du portillon puis s'avance en criant :

– Monsieur Calloway ! Ohé ! Il y a quelqu'un ?

Chemin faisant, elle ne remarque pas le câble tiré en travers de la pelouse. Et lorsqu'elle marche dessus…

BANG ! Des étincelles jaillissent du sol !

WOOOOU-WOOOOOU-WOOOOU ! Des sirènes retentissent !

FLASH ! Des projecteurs illuminent le jardin !

– AAAAAH ! s'écrie Miss Crawly.

Dans la foulée, la porte du garage s'ouvre. Un moteur puissant rugit. *VROUM ! VROOOOUM !*

L'instant d'après, une énorme moto fonce droit sur Miss Crawly !

10

Le pilote de la moto braque un pistolet à peinture sur Miss Crawly et presse la détente.

SPLISH ! SPLASH ! Un projectile pulvérise la corbeille de fruits. Les fruits volent dans tous les sens !

Miss Crawly prend ses pattes à son cou, fonce vers la clôture. Elle saute par-dessus et se réceptionne de l'autre côté. *VLAN !* Le choc lui arrache son œil de verre.

– Ah, te voilà, dit l'iguane en croyant ramasser l'accessoire.

Hélas, c'est une pomme qu'elle remet en place avant de remonter dans sa voiture.

Aussitôt, elle part en marche arrière. De l'autre côté de la clôture, le motard retire son casque, révélant une majestueuse tête de lion.

– Clay Calloway ! s'étouffe Miss Crawly.

Distraite par l'apparition de l'artiste reclus, elle bascule dans un ravin !

Au studio de répétition, Buster tente de joindre Miss Crawly mais tombe sur sa messagerie.

M. Crystal et ses assistants font leur entrée, avec une jeune louve.

– Moon ! lance le producteur. Je vous présente ma fille, Porsha. Elle veut rencontrer Calloway.

– Pour ça, c'est un peu tôt, regrette Buster.

Sasha, un technicien, lui annonce alors que tout est prêt pour répéter.

– Excusez-moi, dit Buster, soulagé d'avoir un prétexte pour filer. Le travail m'appelle…

Sasha accroche un câble au harnais que porte Rosita. La truie est perchée, comme Sasha, au sommet d'une tourelle. Elle se met à chanter tout en se dirigeant vers le bout d'un plongeoir.

– Maman va sauter dans le vide ? demande un cochonnet à Buster.

– Et comment ! jubile le koala.

Mais Rosita a soudain la tête qui tourne. Elle s'accroupit et se cramponne au plongeoir.

– Monsieur Moon ! s'écrie Gunter. Rosita nous fait une crise de panique !

Buster court la rejoindre. Pendant ce temps, Porsha s'empare d'un harnais.

– Oooh ! s'extasie-t-elle. Je peux essayer ?

– Non, non, non, panique Buster. Je ne peux pas te laisser plonger !

Porsha se tourne immédiatement vers son père.

– Papa ! s'indigne-t-elle.

– Allons, quoi, Moon ! réagit le producteur. Laissez-la faire !

Personne n'a le temps de retenir la louve qui grimpe à l'échelle, s'élance sur le plongeoir et saute dans le vide, retenue par un câble.

– Waouh ! fait Porsha. J'adore ! C'est pile comme dans le rêve que j'ai fait cette nuit !

Elle plante son regard dans celui de Buster et ajoute :

– Et *vous*, vous me demandiez de chanter pour vous !

Porsha entonne un air. Sa voix est sublime ! Quand la musique s'arrête, Porsha retrouve Buster et Rosita au pied de l'échelle.

– Je comprends ce que mon rêve voulait dire ! affirme-t-elle. Elle, elle a peur. Elle ne pourra pas tenir ce rôle. Moi en revanche… je suis jeune et je n'ai peur de rien !

11

Buster observe Porsha, les yeux tout ronds.

– Je ne peux quand même pas te donner le rôle de Rosita ! s'étouffe-t-il.

Mais M. Crystal le soulève de terre pour le regarder bien en face.

– Quand une occasion de me faire plaisir se présente, lui dit-il, vous avez intérêt à la saisir ! Compris ?

Et il quitte le studio.

Le lendemain matin, Johnny arrive au studio en courant.

– Désolé pour le retard, monsieur Kickenklober ! dit-il, tout essoufflé. J'étais en train de répéter et je n'ai pas vu le temps passer.

– Oh, fait Klaus, visiblement déçu. Et moi qui pensais que tu avais eu un accident et que nous ne te reverrions jamais…

– Mais enfin, pourquoi êtes-vous toujours aussi méchant ? l'interroge le gorille.

– Parce que seule la souffrance permet d'atteindre la perfection, affirme Klaus en lançant un bâton à Johnny. Tout le monde en place ! Ryan, tu joueras l'adversaire de Johnny dans la scène de bataille.

La musique démarre. Johnny et Ryan tournent en rond l'un en face de l'autre. Ils font tourner leurs bâtons. Klaus observe les moindres mouvements de Johnny. Ce dernier en devient tout nerveux, sa performance est un fiasco.

– Désolé, dit-il à Ryan.

– RATÉ ! s'emporte Klaus. RECOMMENCEZ !

Johnny ressaie, mais ne réussit pas mieux.

– PLUS HAUT ! ordonne Klaus. C'EST MINABLE ! NON ! *BEURK !* DU NERF, ENFIN !

Ce soir-là, après une longue journée de répétitions frustrantes, Johnny sort du studio dans tous ses états. Il shoote dans une poubelle et fracasse son skateboard.

– Oh non… se lamente-t-il aussitôt en ramassant les débris de sa planche adorée.

12

Le lendemain matin, Johnny sort de la boutique où il vient de s'acheter un nouveau skateboard quand des sons de batterie lui parviennent. Sur le trottoir d'en face, un attroupement s'est formé autour d'une incroyable danseuse de rue : une chatte prénommée Nooshy.

– Waouh, tu danses trop bien ! la complimente Johnny.

– Merci, lui répond Nooshy d'une voix froide.

– Dis, euh, enchaîne Johnny, je pourrais peut-être t'offrir un café ou un truc à grignoter ?

– Toi alors, tu ne perds pas de temps, rouspète Nooshy.

– Je veux seulement te parler, se défend le gorille. Je voudrais que tu m'aides à…

– Hé ! s'exclame un policier en se frayant un passage dans la foule. Vous avez une autorisation pour vous produire ici ?

Nooshy enfonce sa capuche sur sa tête et déclare à Johnny :

– En fait, j'adorerais papoter avec toi. On file.

Attablée dans un café voisin, Nooshy plante une paille dans son smoothie et boit une gorgée.

– Si tu pouvais me donner des cours de danse, tu me sauverais la vie, lui dit Johnny.

– Une minute, réplique Nooshy.

La jeune chatte n'a pas oublié ce qu'il lui a raconté en chemin.

– Si tu joues dans un vrai spectacle, comment se fait-il que tu n'aies pas de chorégraphe ?

– J'en ai un, précise Johnny en levant les yeux au ciel. Mais il est… bizarre.

– Et qu'est-ce qui me prouve que tu ne l'es pas, toi aussi ? embraie Nooshy.

– Viens répéter avec moi, lui propose Johnny. Et tu verras.

Nooshy fait non de la tête.

– Pas question que je suive un inconnu.

– Comment veux-tu que je te prouve que je dis la vérité ? l'interroge Johnny.

Mais aussitôt, une idée lui vient. Le gorille se met à chanter avec la musique du café. Sa performance terminée, tous les clients et les employés sont sous le charme !

– Je savais bien que tu étais bizarre… lui sourit Nooshy.

Nooshy s'extasie devant le théâtre Crystal Tower. Son immense entrée, sa scène, ses accessoires, ses costumes… Mais lorsque Johnny et elle annoncent à Klaus Kickenklober que la chatte vient aider le gorille à danser, le chorégraphe se met en colère.

– Tu penses qu'une pauvre danseuse des rues t'aidera mieux que moi ? s'emporte-t-il.

– Comment ça, « une pauvre danseuse des rues » ? s'indigne Nooshy.

– Du calme, c'est bon, intervient Johnny.

Puis il se tourne vers Klaus et lui dit :

– Elle va me donner des cours supplémentaires, c'est tout.

– Ah parce que moi, Klaus Kickenklober, maître chorégraphe, je ne suis pas assez bien pour Johnny !

– Ce n'est pas ce que j'ai dit, se défend le gorille.

– Moi, je n'aurai besoin que de deux jours, affirme Nooshy à Klaus.

– Deux jours ! Ha ! s'esclaffe ce dernier. Dis plutôt deux siècles !

Dans le théâtre, Buster s'apprête à entamer une répétition.

– Très bien, annonce-t-il. Envoyez la musique et… AAAAAAAH !

Le pauvre koala vient d'apercevoir Miss Crawly. Le vieil iguane est tout recouvert de peinture, et elle a une pomme à la place de son œil de verre !

13

Le vieil iguane saisit Buster par le col et lui dit :

– Il ne faut surtout pas retourner là-bas, monsieur Moon. Jamais !

– Que vous est-il arrivé ? s'inquiète le koala.

– C'est ce lion ! réplique Miss Crawly. Clay Calloway. C'est un fou !

Et elle s'en va en boitillant.

Ash la regarde s'éloigner et demande :

– Vous ne comptez pas vous rendre chez Calloway, si ?

– Je n'ai pas le choix, répond Buster.

Un technicien vient lui annoncer que la répétition peut reprendre, alors Buster chasse ses soucis et se remet au travail.

Rosita porte un maquillage vert assorti à un costume peu flatteur. Elle est censée incarner… une extraterrestre !

– Très bien ! lance Buster. Musique !

La musique démarre aussitôt et Rosita se met à chanter en sautillant sur un petit trampoline dissimulé dans le décor du plateau : le cratère d'un volcan. Porsha entre en scène et braque un bâton aux pieds de la truie. *BOUM !* Une fausse explosion retentit, et Rosita disparaît par une trappe.

– Bien fait pour toi, sale monstre ! prononce Porsha d'une voix pas très convaincante.

Aussitôt après, elle se tourne vers Buster et lui demande :

– J'étais comment ?

Le koala ne peut pas lui répondre qu'elle joue comme un pied…

– Euh, bredouille-t-il. C'était… c'était super.

– Cool ! glapit la louve.

Sur ce, elle sort de scène en se pavanant.

C'est alors que Suki vient trouver Buster.

– Excusez-moi, dit-elle, mais monsieur Crystal veut vous voir. Sur-le-champ.

– Ah… d'accord, bredouille Buster.

Suki le conduit à l'immense bureau du producteur.

– Vous vouliez me voir, monsieur ? demande Buster.

– Exact, confirme M. Crystal d'un ton amical. Entrez donc.

Buster se détend un peu.

– Waouh, s'extasie-t-il en admirant les dorures du bureau. Cette pièce est fabuleuse.

– Pas mal, hein ? glousse le maître des lieux. Mais trêve de blabla. Comment ça se passe, avec Calloway ?

– Avec Calloway ? répète Buster. Ah, euh, ça se passe bien. Très bien, même.

Crystal s'installe dans son grand fauteuil en cuir et annonce :

– D'accord… J'ai une question à vous poser. Qu'est-ce que je vous ai fait, pour que vous me manquiez de respect comme ça ?

– Pardon ? s'étonne Buster.

– Vous me prenez pour un imbécile ? l'accuse Crystal.

– Non, monsieur, pas du tout ! se récrie Buster.

Au même instant, deux gardes du corps prennent place à ses côtés.

– Mon équipe a contacté l'avocat de Calloway, poursuit Crystal. Apparemment, il n'a jamais entendu parler de vous, ni de votre spectacle.

– Ah bon ? fait mine de s'étonner Buster. Ils vous ont dit ça ?

VLAN ! Crystal écrase son poing sur son bureau. Buster fait un bond.

– Vous m'avez menti ! rugit le lion.

– Ce n'était pas mon intention ! se défend Buster.

– Personne ne me fait passer pour un crétin ! grogne Crystal. PERSONNE !

Il pointe un doigt vers l'immense fenêtre de son bureau.

– Je vous jure que si ma fille ne se produisait pas dans votre spectacle, vous auriez déjà fait le grand plongeon !

Buster réunit Gunter, Ash et Miss Crawly dans un coin de la salle de répétition.

– Écoutez-moi tous, dit-il. Je dois aller trouver Calloway chez lui. Et sans attendre.

– Oh non, blêmit Miss Crawly. N'y allez pas, je vous en conjure !

– Ne vous en faites pas. Je sais qu'il est fou, mais je ne crains rien.

– Vous voulez bien que je vous accompagne, s'il vous plaît ? lui propose Ash.

– Euh… je ne sais pas… hésite Buster.

– Allez, quoi ! insiste le porc-épic. Je sais tout ce qu'il y a à savoir sur Calloway.

Buster prend le temps de la réflexion, puis il hoche la tête.

– Je crois que tu as raison, affirme-t-il.

– Yes ! jubile Ash, ravie à l'idée de rencontrer son héros.

– Miss Crawly, reprend Buster, c'est vous qui serez la responsable en mon absence.

– Bien, monsieur, réplique l'iguane.

– Vous allez devoir assurer. Vous allez devoir être dure.

– Oui, je serai dure.

– Et aussi ferme.

– Et aussi ferme ! Oui !

– Et vous devrez vous assurer que la production ne prenne pas le moindre retard. Est-ce clair ?

– TRÈS CLAIR, MONSIEUR MOON ! conclut l'iguane avec un salut militaire.

14

Buster et Ash approchent de chez Clay Calloway. Arrivés devant un portail fermé à clé, ils avisent Clay qui répare sa moto.

– C'est lui ! chuchote Ash. Il n'a pas l'air si effrayant que ça…

– Monsieur Calloway ? prononce tout haut Buster.

Sans même lever les yeux de sa moto, Calloway réplique :

– ALLEZ-VOUS-EN !

– Non, je vous en prie ! l'implore Buster. Nous voulons simplement vous parler une minute…

Le lion ne l'écoute même pas.

– Nous ne partirons pas tant que vous ne nous aurez pas répondu ! intervient Ash.

Silence…

– Très bien ! reprend le porc-épic. Si vous ne venez pas à nous, c'est nous qui viendrons à vous !

Buster et elle se dirigent aussitôt vers la clôture.

– NON ! s'écrie Clay. NE FAITES PAS UN PAS DE PLUS !

– Ne l'écoutez pas, dit Ash à Buster.

Les deux compères posent les mains sur la clôture pour l'escalader mais… *ZZZZZAP !* Une décharge électrique les projette en arrière !

Miss Crawly a beau faire, les répétitions ne vont pas bon train : Gunter et Porsha se percutent pendant un numéro aérien, et Meena a toutes les peines du monde à donner l'impression qu'elle est amoureuse de Darius.

Lorsque enfin les comédiens prennent une pause, Meena sort du théâtre en courant. Elle s'adosse à un mur, ferme les yeux et pousse un soupir.

– Je peux vous offrir une glace, Miss ? lui propose une voix.

Meena écarte les paupières et découvre un jeune éléphant qui porte un plateau garni de cônes. Il s'appelle Alfonso.

– Ou devrais-je dire... Votre Majesté, ajoute-t-il.

Meena ne sait comment réagir. Elle n'est pas reine, tout de même.

– C'est simplement que tu ressembles à une déesse, s'explique Alfonso. Et aujourd'hui, coup de chance, c'est la Journée des glaces gratuites pour les déesses.

– Oh, glousse Meena.

Elle prend un cône, leurs regards se croisent... Et il n'en faut pas plus pour que Meena tombe amoureuse !

Buster rouvre lentement les yeux et découvre autour de lui un salon douillet, éclairé par une bûche qui crépite dans l'âtre.

– Buster ? l'interroge Ash. Vous vous sentez bien ?

– Ash ? Où sommes-nous ?

Au même instant, il note qu'on lui a bandé les pattes.

– Chez Clay, révèle le porc-épic. Je lui demandais s'il accepterait de se produire dans notre spectacle.

À ces mots, Buster se redresse.

– Et il a répondu quoi ?

– Il a répondu non, prononce une voix grave.

Buster en reste bouche bée. Clay est assis juste derrière lui.

– Monsieur Calloway, je vous en supplie, insiste Buster. Vous n'imaginez pas comme ce serait formidable de vous avoir sur scène et…

– MAIS VOUS ALLEZ FINIR PAR VOUS TAIRE ? rugit Clay.

Le petit koala se recroqueville sur lui-même, terrifié par le gigantesque lion en colère.

Celui-ci sort alors l'œil de verre de Miss Crawly de sa poche et le lui pose sur les cuisses.

– Ton amie a laissé ça chez moi.

Sur ce, il s'éloigne d'un pas pesant et grommelle :

– Je veux que vous soyez partis demain matin.

Et il claque la porte derrière lui.

Le soir même, Johnny tente de montrer à Nooshy les pas de sa chorégraphie. Hélas… il trébuche et s'écroule. Nooshy comprend alors que Klaus Kickenklober a détruit sa confiance en lui.

– Ne t'en fais pas, le rassure-t-elle. Nous allons tout reprendre. Oublie ce que Klaus t'a dit et laisse-toi aller !

Puis elle réalise un mouvement simple, que Johnny imite ensuite. Et c'est ainsi que, petit à petit, le gorille fait des progrès…

Le lendemain, Klaus est sous le choc lorsqu'il voit Johnny danser. Ryan et ce dernier exécutent leur numéro de bagarre, et le gorille ne rate aucun pas !

– Wouhou ! triomphe Nooshy.

– Nickel ! s'enthousiasme Johnny.

Klaus, lui, a l'air furieux…

Clay plante une pancarte « DANGER : CLÔTURE ÉLECTRIQUE » dans son jardin.

Buster, lui, cherche toujours à le convaincre de se produire dans « Un autre monde ».

Le lion ramasse le tuyau d'arrosage et demande au koala :

– Ouvrez le robinet.

– Le robinet ? Avec joie.

Il s'exécute, sans remarquer que le lion braque le jet sur lui.

SPLAAAAAAAASH !

– AAAARGH ! glapit Buster.

La force du jet le fait dévaler une pente et il finit sa course dans le lac.

PLOUF !

– Oups, rigole Clay.

Au même moment, Ash vient servir le thé.

– Moon ! s'inquiète-t-elle. Tout va bien ?

– Impeccable ! lui renvoie le koala depuis le lac.

Ash offre un mug à Clay. Le lion l'accepte en grognant. Buster en profite pour les rejoindre, tout dégoulinant mais toujours motivé.

– Je vous promets que ce spectacle sera le plus fantastique de tous les temps ! assure-t-il.

Clay grimace en scrutant son thé.

– Tu as mis du miel, là-dedans ? demande-t-il.

– Et le final, poursuit Buster, ce sera vous, en solo…

Le koala se tait quand Clay vient coller son nez au sien, et grogner.

– Vous ne voulez pas faire partie du spectacle… se rappelle Buster, tout tremblotant.

Calloway hoche la tête et se détourne.

– De plus, dit-il, j'ai perdu ma voix de chanteur.

– Moi, je la trouve très bien, votre voix, estime Ash.

La jeune guitariste pense avoir identifié le problème de son idole.

– Tout ça, continue-t-elle, c'est parce que vous avez perdu votre épouse, pas vrai ?

Clay s'immobilise.

Sans se retourner, il réplique :

– Écoute, le porc-épic. On ne va pas parler de ma Ruby.

– Attendez, insiste Ash. Je sais qu'elle vous a inspiré beaucoup de chansons…

– *Toutes* mes chansons, rectifie Clay.

Cette fois, il se tourne pour planter son regard dans celui d'Ash.

– Exact, concède celle-ci en cherchant ses mots. Je n'ose imaginer ce que ça doit faire de perdre quelqu'un comme ça, mais vous pensez vraiment que Ruby voudrait que vous vous infligiez ça ? Cette vie de reclus, sans chansons ?

Clay pivote sur lui-même et tourne le dos à Ash. Cette fois, il a les larmes aux yeux.

– Tu ne comprends pas, dit-il. Ce n'est plus une rock star qui habite ici.

– Il vous suffirait de vous remettre à jouer, positive Ash. Vos chansons vous feront remonter à la surface ! En jouant, vous vous connecterez à…

– Non ! rugit Clay. Je ne peux pas. Il y a plus de quinze ans que je n'ai même pas entendu une seule de mes chansons. Ruby était tout pour moi. Et je ne veux pas de miel dans mon thé.

Sur ce, il verse le contenu de son mug dans l'herbe et s'en va.

16

– Il ne changera jamais d'avis, soupire Buster.

Ash, elle, n'est pas prête à baisser les bras.

– Oh que si, assure-t-elle. Vous, en revanche, vous devriez rentrer.

– Comment ça ? s'étonne Buster. Mais… et toi ?

– Je ne peux pas l'abandonner dans cet état-là, décide-t-elle.

Lorsque Buster regagne le studio de répétition, Miss Crawly prononce dans son mégaphone :

– GARDE-À-VOUS !

Aussitôt, artistes et techniciens obéissent comme de parfaits soldats.

– Ça alors, s'extasie Buster, impressionné.

Miss Crawly lui adresse un salut militaire.

– Bon retour parmi nous, monsieur Moon ! aboie l'iguane.

– Euh, merci, Miss Crawly, balbutie Buster. Oh, tenez, j'ai quelque chose pour vous.

Et il lui rend son œil de verre.

Gunter vient aussitôt poser à Buster la question qui est sur toutes les lèvres :

– Alors, comment ça s'est passé avec Clay Calloway ?

Buster fronce les sourcils.

– Chuut ! souffle-t-il. Ce n'est pas encore fait. En revanche, si quelqu'un a une chance de le convaincre, c'est Ash.

Il croise les doigts, puis s'adresse à la cantonade :

– La première grande répétition, c'est pour demain. Alors tâchons d'être au top !

Les techniciens ont fait du beau travail : quand le vaisseau spatial à bord duquel Gunter et Porsha voyagent de planète en planète apparaît sur la scène, la troupe entière est ébahie. Le sas s'ouvre, et Porsha en descend.

– Journal de bord du capitaine, prononce-t-elle d'une voix mal assurée. Je dois être prudente car j'ai atterri sur la Planète de la Guerre.

Inutile de se mentir : Porsha est une très mauvaise actrice. Elle est belle, elle chante comme un ange, mais la comédie n'est vraiment pas son domaine.

– Dix minutes de pause, tout le monde, intervient Buster. Porsha ? Je peux te parler ?

Buster fait les cent pas dans le bureau de la production tandis que Porsha sirote un smoothie.

– Écoute, s'efforce de positiver le koala. Je pense sincèrement que ce spectacle n'est pas loin d'être fantastique, si ce n'est parfait. Mais pour en tirer le maximum… Je dois procéder à des changements.

– Hmm, fait Porsha, pas très intéressée.

Buster prend une grande inspiration.

– Je me vois obligé de réattribuer le premier rôle à Rosita.

– PARDON ? s'écrie Porsha. Vous me renvoyez ?

– Non, pas du tout… insiste Buster.

Hélas, Porsha se précipite déjà vers la porte, en larmes.

– Quand mon père saura que vous m'avez renvoyée…

– Mais je ne te renvoie pas ! tente de la retenir Buster.

Sitôt sortie du bureau, Porsha repère en bas de l'escalier la troupe entière qui l'observe.

– Vous me détestez tous, c'est ça ? glapit-elle.

Et elle dévale les marches en pleurant.

Buster se tourne vers la troupe et déclare :

– Cette fois, je suis mort.

Clay regarde les arbres par la fenêtre de sa chambre. Dehors, il entend Ash qui joue de la guitare – elle interprète une de ses chansons. Elle chante merveilleusement bien.

Alors le vieux lion sort s'asseoir à côté d'elle. La jeune artiste s'interrompt un instant et observe son idole. Lorsqu'elle comprend qu'il l'autorise à continuer, elle reprend le fil de la chanson.

Clay reste à l'écouter, les yeux emplis de larmes.

Installé dans son somptueux bureau, M. Crystal regarde la journaliste Linda Le Bon à la télévision.

– La rumeur du jour veut que Porsha Crystal ait été renvoyée de la comédie musicale produite par son père... annonce la spécialiste Arts & Spectacles.

BAM ! Crystal écrase son poing dans l'écran.

– Il a viré ma fille ! rugit-il. Ma fille !

Porsha, elle, sanglote sur un canapé. Bizarrement, cela ne fait qu'enrager davantage son père.

– Tu veux bien te taire ? s'emporte ce dernier. Tu me fais déjà assez honte comme ça !

– Mais papa ! se lamente Porsha.

– Le monde entier pense que ma fille ne possède aucun talent, qu'elle est une bonne à rien ! fulmine encore Crystal.

Il se tourne ensuite vers ses deux gardes du corps.

– Raccompagnez-la, ordonne-t-il.

Crystal s'adresse alors à Suki et Jerry :

– Amenez-moi Moon.

17

Buster s'engage dans le couloir menant au bureau de M. Crystal. Il s'apprête à toquer quand…

DRRRRING ! Son téléphone sonne. C'est Ash qui appelle.

– Moon ! claironne-t-elle. Il a dit oui !

– Quoi ? s'écrie Buster.

– Calloway ! Je l'ai convaincu ! Nous sommes en route pour Redshore City !

– C'est génial ! exulte Buster. Tu viens peut-être de me sauver la vie !

Sur ce, il raccroche et entre dans le bureau de M. Crystal. Le loup est en train de se faire coiffer et maquiller pour un passage télé.

– Monsieur Crystal, l'interpelle Buster, j'ai une grande nouvelle : Clay Calloway va nous rejoindre !

– Dehors, tout le monde, ordonne Crystal.

Toutes les personnes présentes, excepté Buster, obéissent.

– Vous avez renvoyé Porsha, prononce Crystal d'une voix grave et menaçante.

– Pas du tout, se défend Buster.

– Vous la traitez de menteuse ? gronde Crystal.

– Non, elle a mal compris ! explique le koala. J'essayais de l'aider à faire de son mieux. Croyez-moi, je cherchais à bien faire, rien de plus.

Crystal se lève de son fauteuil et empoigne Buster par la gorge.

– Quand on veut bien faire, on fait ce que *je* dis !

Sur ce, il transporte Buster jusqu'au balcon et le suspend dans le vide.

– Non ! s'égosille Buster. Non ! Stop !

– Vous croyez vraiment que je vais laisser un petit amateur minable comme vous m'humilier ? rugit Crystal. Vous m'avez fait perdre la face, je vais devoir me séparer de vous.

Dans la foulée, il lâche Buster !

– Monsieur ! intervient Jerry depuis la porte.

Crystal se tourne vers son assistant tandis que Buster se cramponne comme il peut à sa manche.

– Navré de vous interrompre, poursuit Jerry, qui n'a pas repéré Buster, mais vous passez en direct dans une minute.

Crystal envoie Buster valser dans ses toilettes privées. Le koala scrute le loup, horrifié.

– Vous avez failli me tuer !

– Et je finirai le travail plus tard, promet Crystal.

BAM ! Il claque la porte.

– Non ! s'égosille Buster en martelant le battant. Au secours ! Jerry ! À L'AIDE !

Tout à coup, la porte se rouvre. Suki saisit Buster par le bras et le fait sortir.

– Chut ! dit-elle. Vous devez quitter la ville et ne plus jamais y revenir ! Jamais !

– D'accord, c'est bon, approuve Buster. J'ai compris.

Et il s'enfuit du bureau de Crystal. Une fois ressorti de l'immeuble, il prend ses pattes à son cou. Sans cesser de courir, il passe un coup de fil à Miss Crawly.

– Sauvez-vous ! lui ordonne-t-il. Toute la troupe, tout le monde ! Partez immédiatement ! Je n'ai pas le temps de vous expliquer. Retrouvez-moi tous à l'hôtel.

Le petit koala vient de heurter un piéton, son téléphone lui échappe et atterrit… sous les roues d'un bus.

CRAAAC.

Toujours dans son immeuble, M. Crystal attend d'être interviewé par Linda Le Bon.

– Jerry ! lance-t-il à son assistant. Va me chercher mes biscuits !

– À vos ordres ! répond Jerry.

Celui-ci retourne au bureau de son patron et découvre la porte des toilettes ouverte. Il comprend que Buster s'est évadé !

Dans le même temps, Linda présente Crystal au public de son émission.

– Pour discuter du psychodrame qui frappe son nouveau spectacle, j'ai le plaisir de recevoir le roi de Redshore City…

Jerry retrouve son patron en coulisse et lui annonce que Buster s'est échappé.

– … Faites un tonnerre d'applaudissements pour monsieur Jimmy Crystal ! poursuit Linda.

Un *jingle* retentit. En coulisse, un technicien fait signe à Crystal d'entrer sur le plateau.

– Venez donc, Jimmy ! insiste Linda. Ne nous obligez pas à vous supplier !

D'un claquement de doigts, Crystal convoque ses deux gardes du corps.

– Moon s'est évadé, leur dit-il. Trouvez-le.

Les deux sbires hochent la tête et partent aussitôt en mission.

De son côté, Linda Le Bon tente de gagner du temps.

– Voilà un homme qui sait se faire désirer ! confie-t-elle à son public.

Crystal se compose un sourire puis entre sur le plateau.

Buster boucle sa valise en quatrième vitesse. Quand tout à coup… *DING ! DONG ! TOC-TOC !* Les sbires de Crystal ! Le koala vide aussitôt sa valise, grimpe à l'intérieur et la referme.

Buster entend la porte qui s'ouvre. Il retient son souffle. Des pas approchent.

– Buster ? prononce une voix.

C'est Ash !

– Ash ! s'exclame Buster depuis sa valise. Je suis là !

Ash et Clay scrutent la valise qui gigote.

– Buster ? répète Ash.

– Je suis coincé ! s'explique le koala en se débattant comme un diable.

– C'est une blague ? soupire Clay.

Ash tente d'ouvrir la valise.

– Restez tranquille, ordonne-t-elle à Buster en tirant sur la fermeture Éclair.

– Le spectacle est annulé, annonce Buster. Crystal a essayé de me tuer.

– Quoi ? s'étrangle le porc-épic.

Tout à coup, Buster jaillit de la valise et s'écroule par terre.

– Je croyais que vous étiez ses gros bras venus m'achever, précise-t-il, un peu essoufflé.

DING DONG ! TOC-TOC !

– Oh non ! chuchote Buster, en panique. Les voilà ! Chuuut ! Ne répondons pas.

Et il se réfugie dans sa valise.

DING DONG ! Pas plus ému que cela, Clay prononce d'une voix normale :

– Hmm. Première fois en quinze ans que je sors de chez moi, et qu'est-ce que je découvre ? Le spectacle est annulé et ce type se planque dans une valise ?

Il se dirige vers la porte.

– Non ! Non ! murmure Buster. N'ouvrez pas !

Clay ouvre la porte. Rosita, Meena, Johnny, Nooshy, Gunter et Miss Crawly en restent bouche bée.

Clay se penche pour mieux regarder Miss Crawly.

– Hmm, fait-il. Je me souviens de vous.

Le vieil iguane s'évanouit en une fraction de seconde.

Quelques instants plus tard, Miss Crawly reprend connaissance dans un fauteuil.

– Miss Crawly ! la presse Buster. Réveillez-vous ! Nous ne pouvons pas rester ici !

– La voie est libre, annonce Johnny après avoir inspecté le couloir. On y va !

– Du nerf, Miss Crawly, intervient Meena. Courage !

– Tout ira mieux quand on sera rentrés chez nous, dit Buster.

– Vous en êtes sûr ? le relance Clay. Vivre caché, ce n'est pas aussi génial qu'on veut bien le croire...

– C'est que nous n'avons pas le choix, rappelle Buster.

– J'ai cru la même chose pendant quinze ans, dit le lion. Mais en réalité, on a toujours le choix. Je n'avais hélas pas le courage de faire le bon...

Buster médite ces paroles. Tout à coup, il entend la voix de Crystal, à la télévision.

– J'ai annulé mon spectacle à cause d'un pauvre minable du nom de Buster Moon, annonce le producteur. Vous auriez dû les voir, lui et sa troupe de pathétiques amateurs.

J'ignore de quel trou perdu ils sortent, mais leur place est là-bas, et non dans notre grande et belle ville !

CLIC. Buster éteint le téléviseur. Ses amis ont l'air blessé et déçu.

– Non, affirme ensuite le courageux koala. C'est Clay qui a raison. Ce que nous cherchons à faire nécessite du courage. Nous ne pouvons pas laisser Crystal nous voler nos espoirs et nos rêves.

– Non, non, proteste Rosita. Aucun de nous n'a plus envie de danser ou de chanter, maintenant.

– Écoutez, insiste Buster, ça va vous sembler fou, je sais… Mais il suffirait qu'on retourne au théâtre une seule soirée et…

Pas convaincu, Johnny le coupe :

– Soyez sérieux ! On ne peut pas préparer un spectacle dans le dos du producteur !

Un court silence se fait.

Après quoi, le visage déterminé, Buster décide :

– C'est pourtant précisément ce que nous allons faire !

19

Les artistes restent bêtes, abasourdis par la déclaration de Buster. Mais ensuite, des sourires se dessinent sur leurs visages, ils hochent la tête.

DING DONG !

– Ouvre ou tu es mort, Moon ! prononce une voix menaçante dans le couloir.

– TES IMBÉCILES D'AMIS ET TOI VOUS N'AVEZ PAS INTÉRÊT À VOUS CACHER LÀ-DEDANS ! poursuit la voix.

Toute tremblante de peur, Meena demande :

– Que va-t-on faire ?

– Les enfants, annonce Buster, nous allons devoir être courageux.

BAM ! BAM ! La porte se gondole…

– Nous allons monter ce spectacle, que cela plaise ou non à Crystal, décide Buster. Mais avant ça : nous allons sauter par la fenêtre !

Et il désigne du doigt l'immense fenêtre de sa suite.

BAM ! BAM ! CRAC !

Les deux costauds enfoncent la porte à l'aide d'un extincteur… À l'instant où Buster et compagnie se jettent du balcon.

PLOUF ! SPLASH !

Tous refont surface dans la piscine de l'hôtel mais… un courant les entraîne !

Un des sbires de Crystal déclare dans son oreillette :

– Sécurité ? Nous avons neuf suspects en cavale dans la Rivière en Furie.

La piscine est en effet reliée à une attraction aquatique.

– Accrochez-vous ! s'écrie Buster.

Ses amis et lui se cramponnent à leurs valises à travers les rapides.

Tout à coup, un garde les repère sur un écran de surveillance.

– Là ! Ils se dirigent vers le parking !

Tout ruisselants, les artistes traversent la végétation factice.

– Vite, vite, vite ! les presse Buster.

Et lorsque Miss Crawly tombe d'épuisement, Clay Calloway la prend dans ses bras sans même ralentir. La troupe parvient au mur d'enceinte, ils l'escaladent puis fuient par la rue.

Tout sourire, Crystal salue le public en quittant le plateau de l'émission de Linda Le Bon.

– Merci, Linda ! Merci ! Merci à tous !

Les spectateurs l'applaudissent.

Sitôt rentré en coulisse, Jerry lui remet un téléphone qu'il porte à son oreille.

– Alors ? grogne le loup.

– Aucune trace, monsieur, lui annonce un de ses sbires. Ils ont dû quitter la ville.

Buster ouvre la porte de derrière du théâtre grâce à une carte magnétique. Aussitôt, ils allument la lumière… et restent babas !

Deux cents yeux ronds comme des billes les observent. Ce sont ceux des agents d'entretien – cent tarsiers, des petits primates poilus, dotés de grands yeux et de longues queues.

– L'entrée est interdite, déclare l'un d'eux.

– Euh… Qui êtes-vous ? lui renvoie Buster.

– L'équipe de nuit, révèle le tarsier.

– Ah, je vois. Nous n'avons pas besoin de vous pour le moment. En revanche, euh… est-ce que vous savez faire des claquettes ?

Les tarsiers s'interrogent du regard. Mais soudain, l'un d'eux lève la main.

– Ah ! se réjouit Buster.

Puis il se tourne vers sa troupe et annonce :

– Au travail, tout le monde !

Chacun récupère son costume et ses accessoires.

Buster remet son casque à Rosita.

– Tiens, lui dit-il. Ce rôle t'appartient.

La truie presse le casque contre son cœur, le visage rayonnant de bonheur.

– Miss Crawly, dit Buster, tâchez de nous trouver un autre alien vert.

– À vos ordres, monsieur Moon, réplique l'iguane, au garde-à-vous.

Seule dans sa chambre, Porsha sanglote. Miss Crawly apparaît soudain à sa fenêtre, son mégaphone en main.

– DEBOUT, LA MARMOTTE !

Quelques instants plus tard, la jeune louve et le vieil iguane sont de retour au théâtre.

– Hello ! les salue Buster. Te revoilà !

– Oui, fait Porsha, penaude. J'ai peut-être un peu surréagi, tout à l'heure…

Gunter surprend l'échange.

– Un peu ? s'étrangle-t-il avec son accent allemand. Tu es partie en mode diva, plutôt !

– Oui, bon, s'efforce de positiver Buster. Tout est réglé, maintenant. On est en sécurité.

– En sécurité ? répète Porsha. Ça, non. Aucun d'entre nous n'est en sécurité.

C'est alors que Johnny vient se mêler à la conversation :

– Monsieur Moon ? Je connais quelqu'un qui pourra nous protéger.

20

Johnny passe un coup de téléphone à son père, Big Daddy, pour lui demander si ses amis gorilles et lui acceptent de les protéger.

– Compte sur nous, lui assure Big Daddy. Nous partons immédiatement.

Aussitôt, il réunit sa bande : les primates grimpent dans leur camion, direction le théâtre de la Crystal Tower, à Redshore City.

Dans les coulisses de l'établissement, la troupe se prépare à présenter « Un autre monde ». Les danseurs se glissent par la porte de derrière, Ash accorde sa guitare, les tarsiers répètent leur numéro de claquettes, Porsha essaie son costume vert, Johnny se fait des peintures de guerre... Quant à Rosita, elle se maquille.

Buster, lui, observe les préparatifs, un sourire aux lèvres.

– Parfait ! annonce-t-il. C'est l'heure de nous trouver un public !

– Moon, s'inquiète Ash, dès que vous allez inviter du monde, la sécurité de l'hôtel va nous obliger à fermer !

– Oh, ne crains rien, la rassure Buster. Rosita a tout prévu.

Du doigt, il désigne la truie, qui parle au téléphone.

– Norman, envoie les petits, réclame Rosita à son époux.

Norman conduit leurs enfants au buffet à volonté de l'hôtel, où les petits se déchaînent : ils courent dans tous les sens, goûtent à tous les plats... Plusieurs employés tentent de les arrêter, mais les cochonnets sont trop rapides pour eux !

Un agent de sécurité prend en chasse un petit sur une longue table recouverte de victuailles. Sans cesser de courir, il compose un numéro de téléphone.

– À TOUS LES AGENTS ! INCIDENT EN COURS AU DIX-SEPTIÈME ÉTAGE ! JE RÉPÈTE, TOUS LES AGENTS AU DIX-SEPTIÈME ÉTAGE !

La petite Candy se baigne dans la fontaine à chocolat en gloussant :

– C'est le plus beau jour de ma vie, papa ! s'écrie-t-elle.

Norman esquisse un sourire. Sa petite bondit de la fontaine à l'instant où un agent veut s'emparer d'elle. Le malheureux dérape et s'écrase la face dans le chocolat !

Au rez-de-chaussée, les agents de sécurité se massent dans l'ascenseur, pressés de monter au dix-septième étage. Dès que les portes de la cabine se referment, un écran de télévision géant s'allume.

Buster s'adresse aux clients de l'hôtel :

– Bonsoir à tous ! Je suis Buster Moon, et j'ai l'immense honneur de vous présenter, pour une seule représentation au théâtre de la Crystal Tower…

Les clients se tournent vers l'écran, y compris le réceptionniste, qui contacte immédiatement Jerry.

– ... un tout nouveau spectacle intitulé « Un autre monde » ! annonce Buster.

Sa voix résonne dans tout l'immeuble et jusque dans la rue, où des passants dégustent les glaces d'Alfonso.

Sitôt prévenu, Jerry court avertir M. Crystal.

– Une comédie musicale dans l'espace qui verra le retour sur scène du mythique Clay Calloway ! poursuit Buster.

À cette nouvelle, un frisson parcourt les clients de l'hôtel.

– Vous avez bien entendu, insiste Buster. Clay Calloway ! De plus, ce spectacle est entièrement GRATUIT ! Alors venez tous ! Un voyage comme nul autre vous attend !

L'immeuble entier semble trépigner d'impatience. Un spectacle gratuit ! Clay Calloway !

Les gens se ruent au théâtre, dont la salle se remplit à vue d'œil.

Pendant ce temps, en coulisse, Buster bat le rappel :

– Tout est paré ?

Les portes de la coulisse s'ouvrent brusquement. Un énorme gorille entre, les bras écartés.

– Le voilà ! s'écrie le primate en repérant son fils.

– Papa ! réplique Johnny.

Et aussitôt il court enlacer son père. Derrière Big Daddy, plusieurs autres gorilles se tiennent prêts à faire tout ce qui sera nécessaire pour protéger le spectacle de Johnny.

Meena, elle, scrute la salle derrière le rideau.

– Oh, là, là ! fait-elle. Il est là !

– Crystal ? s'étrangle Buster.

– Non, rectifie Meena. Mon vendeur de glaces. Et il est installé au premier rang !

La porte des appartements privés de M. Crystal s'ouvre en grand et Jerry se précipite vers son patron.

– Monsieur Crystal ! s'égosille le félin. Navré de vous réveiller, mais c'est Moon…

Il a pénétré de force dans le théâtre et il y dirige un spectacle en ce moment même !

– IL A FAIT QUOI ? rugit Crystal.

21

L'éclairage du théâtre se tamise. Des murmures d'excitation parcourent le public : tout le monde a hâte d'assister à cette grande première, ainsi qu'au retour de Clay Calloway. Les spectateurs se mettent à battre des mains en rythme. Et pour s'assurer que personne ne tentera d'empêcher le spectacle, Big Daddy et son gang patrouillent dans les allées.

En coulisse, Buster s'adresse à la troupe :

– Bon, c'est le moment, les enfants. Tout le monde est prêt ?

– Oh, là, là, souffle Rosita. Je n'arrive pas à y croire…

– Et pourtant, tu ne rêves pas ! jubile Johnny.

– C'est le grand soir, bébé ! s'exclame Gunter.

– N'oubliez pas, reprend Buster. Ce qu'il y a de bien, quand on a touché le fond, c'est qu'il n'y a plus qu'une seule issue… on doit REMONTER !

Et chacun va se mettre en position pour le spectacle.

Buster s'installe à son poste de régisseur et lance à Miss Crawly :

– Musique !

L'iguane appuie sur un bouton et les premiers accords résonnent.

Buster s'approche alors du micro et déclare :

– Vous tous, créatures grandes et petites, soyez les bienvenues dans l'espace !

Des étoiles éclairent la scène. Un immense vaisseau spatial apparaît. Aux commandes, le public découvre Rosita.

– Journal de bord du capitaine, dit la truie. Ma mission : retrouver et secourir un explorateur disparu il y a fort longtemps.

Gunter fait son entrée dans le cockpit. Il est maquillé de peinture argentée pour avoir l'apparence d'un robot.

– Capitaine ! Je capte son signal !

Rosita se tourne vers lui et réplique :

– Excellent ! De quelle planète provient-il ? J'en vois quatre devant nous.

– Origine impossible à déterminer, affirme Gunter de sa voix toujours robotisée.

– Je vois... souffle Rosita en scrutant à travers la verrière du vaisseau. Dans ce cas, je vais devoir toutes les explorer. Atterrissage amorcé !

Tandis que le vaisseau descend sur scène, Johnny se prépare à faire son entrée. Mais lorsqu'il avise la foule gigantesque qui occupe le théâtre, une angoisse l'envahit...

– Tu peux le faire ! le rassure Nooshy en lui tapotant l'épaule. Rappelle-toi : laisse-toi aller !

Johnny hoche la tête, inspire à fond, et entre sur scène.

Toujours aux commandes de son vaisseau, Rosita déclare :

– Journal de bord du capitaine. Je dois être prudente car j'ai atterri sur la Planète de la Guerre.

Le plateau évoque une ville futuriste ravagée par les combats.

Johnny commence à chanter sous le regard fier de son père. Il adresse un dernier coup d'œil à Nooshy pour se donner du courage et se met à danser. Et avec quel brio ! Le public l'applaudit à tout rompre ! Les autres danseurs attendent leur tour. Furieux, Klaus va se planter devant Ryan et lui dit :

– Donne-moi ce bâton. Et ton costume. TOUT DE SUITE !

– Plus vite ! ordonne M. Crystal à l'arrière d'une longue limousine qui enfile les rues de Redshore City.

Il est accompagné de Jerry, Suki et de ses deux gros bras.

– Nous serons au théâtre sous peu, annonce le chauffeur.

– Je ne veux pas y être sous peu, gronde Crystal. Je veux déjà y être !

– Comme nous tous, s'empresse d'approuver Jerry.

– À vos ordres, embraie le chauffeur.

Aussitôt, il appuie sur le champignon et… l'accélération colle les quatre passagers au dossier de leur siège.

Sur la scène, les autres danseurs rejoignent Johnny. À sa grande surprise, celui-ci découvre, face à lui, Klaus, en costume, qui manie son bâton. Johnny stresse à la vue du méchant chorégraphe, mais il brandit à son tour son bâton et accepte le défi.

Klaus et Johnny exécutent leur *battle* au centre de la scène. Mais… Klaus frappe pour de vrai. La manœuvre énerve Johnny ; le pauvre gorille perd ses moyens, multiplie les erreurs et… il dérape et s'écroule par terre. Klaus lui plaque instantanément son bâton sur le torse.

– Tu vois ? murmure-t-il avec un sourire maléfique. Tu ne seras jamais un grand artiste !

22

Klaus salue le public en liesse – les spectateurs croient que tout s'est déroulé comme prévu. Johnny, lui, avise Nooshy et son père, qui ont l'air abattu.

Soudain, Nooshy a une idée. Elle repère un baril en coulisse et se met à taper dessus en rythme. Les autres danseurs l'accompagnent à coups de bâton sur la scène. Johnny se relève, tape par terre avec son bâton, et défie Klaus.

Le chorégraphe se jette sur lui mais il l'esquive au rythme des percussions.

– J'aime mieux ça, sourit Nooshy.

Johnny danse autour de Klaus, il se laisse aller, s'abandonne à la pulsation. La foule se déchaîne devant cette performance d'anthologie ! Klaus lui-même est admiratif.

Quand le numéro s'achève, Klaus lâche son bâton et s'agenouille devant Johnny, avec un hochement de tête approbateur. Johnny reste immobile, pantelant. Et un tonnerre d'applaudissements et de vivats monte de la salle.

En coulisse, Buster serre Nooshy contre son cœur, dans un grand éclat de rire soulagé.

Pendant ce temps, Rosita descend de son vaisseau.

– Journal de bord du capitaine, dit-elle. L'explorateur disparu n'était pas sur la Planète de la Guerre. Mes recherches m'ont donc conduite sur la suivante : celle de la Joie.

Derrière son pupitre, Buster annonce dans son micro-casque :

– Porsha ? C'est à toi. Montre-leur de quoi tu es capable !

La jeune louve est catapultée hors d'un cratère. Elle se réceptionne à côté de Rosita. Le costume vert d'extraterrestre lui va comme un gant ! Porsha se met à chanter de sa voix mélodieuse et s'avance vers un alien gonflable qui sort, lui aussi, d'un cratère, derrière Rosita. Cet alien n'a pas l'air commode. Porsha lui plante une griffe dans le ventre et… *POP !* Dans une pluie de paillettes dorées, l'alien en colère est remplacé par un alien souriant. Porsha répète l'opération aux quatre coins de la scène, sans cesser de chanter : *POP ! POP ! POP !*

Au même instant, Crystal et compagnie déboulent dans le grand hall du théâtre. Heureusement, Big Daddy et ses gorilles sont là pour les « accueillir ». Crystal profite de la bagarre pour rejoindre les coulisses.

Sur la scène, Porsha continue son numéro. Elle chante et danse parmi les aliens gonflables qui ondulent en rythme. Rosita observe le spectacle, enchantée. Tout comme le public. Porsha possède vraiment une voix exquise !

Mais tout à coup, Crystal interpelle discrètement sa fille :

– Porsha ! Viens immédiatement !

Les spectateurs ne l'entendent pas, mais la jeune louve, si. Elle fait non de la tête : pas question de sortir de scène.

– Ne m'oblige pas à venir te chercher ! la prévient Crystal.

Pour toute réponse, Porsha continue de chanter. Et, derrière elle, les étoiles du décor pivotent pour révéler les cent tarsiers en smoking et haut-de-forme !

– Espèce de traîtresse ! enrage Crystal. Tu l'auras voulu ! Je viens te chercher !

Mais il a à peine fait un pas que Buster actionne un levier. Une trappe s'ouvre sous le loup… *SCHPOUM !* Le puissant producteur chute dans un réduit situé sous la scène. Buster va aussitôt jeter un coup d'œil par l'ouverture.

– Miss Crawly vous a prévu des coussins et des biscuits pour vous faire patienter jusqu'à la fin du spectacle, annonce-t-il au loup.

– Sale petit… tempête Crystal.

Buster préfère claquer la trappe.

Les tarsiers mettent tout leur cœur dans leur numéro de claquettes. Ils forment une pyramide au sommet de laquelle monte se dresser Porsha. Lorsqu'elle cesse de chanter, les applaudissements font trembler la salle !

– Journal de bord du capitaine, prononce Rosita. Aucun signe de l'explorateur disparu sur la Planète de la Joie. Nous partons pour la Planète de l'Amour !

En coulisse, Meena et Darius se préparent à faire leur entrée. Leur chanson résonne déjà.

– Prête, Gina ? demande Darius.

– C'est Meena, le reprend pour la centième fois l'éléphante, en stress.

– Hein ? fait le yak, perplexe. C'est qui, ça, Meena ?

Toute tremblante d'angoisse, Meena inspire à fond.

– Laisse tomber, soupire-t-elle ensuite.

– Bon écoute, enchaîne Darius. Tâche de trouver l'étincelle de l'amour en toi.

Meena cherche l'inspiration dans le public. Son regard se pose sur Alfonso, assis au premier rang. Lorsque ensuite l'éléphante se tourne vers son partenaire, elle ferme très fort les yeux et imagine Alfonso. Elle écarte alors les paupières, et voit toujours le vendeur de glaces devant elle !

Meena adresse un large sourire à son partenaire imaginaire et déclare :

– C'est bon, je suis prête.

Sur la scène, Rosita inspecte autour d'elle avec une paire de jumelles futuristes. Meena entre en dansant, avec Alfonso, dans sa tête. Le duo d'amour a pour cadre une forêt extraterrestre enchantée. Au milieu de la chanson, Meena laisse tomber son manteau. En dessous, elle révèle une longue et magnifique robe blanche. Une robe qui ondule au gré de ses mouvements.

Mais l'éléphante n'est pas la seule à valser. Dans le couloir, Big Daddy envoie valser… l'un des gros bras de Crystal.

Juste à côté de Jerry, qui répond au téléphone :

– Monsieur Crystal ? s'étonne le félin. Où êtes-vous ?

– Sous la scène, enfermé ! éructe le loup en agitant la porte de sa cage.

– J'arrive tout de suite, monsieur ! promet Jerry avant de raccrocher.

Pendant ce temps, Meena et Darius (enfin… Alfonso, dans l'esprit de l'éléphante) évoluent sur les anneaux qui tournent autour de la planète : ils s'éloignent et se rapprochent sans cesser de chanter. Ils s'engouffrent ensuite dans un tunnel de fleurs qui les conduit à l'avant-scène. C'est là que s'achève leur duo, sous les acclamations hystériques du public en délire !

Un large sourire aux lèvres, Meena se tourne vers son Alfonso imaginaire et le voit redevenir Darius.

Elle se penche vers le vrai Alfonso. Et tandis que le vaisseau spatial redécolle et couvre le son de sa voix, elle prononce :

– Coucou !

– Euh, coucou, répond Alfonso, surpris qu'une artiste s'adresse à lui pendant le spectacle.

– Je m'appelle Meena. Ça te dirait qu'on se voie après le spectacle ?

– Euh… d'accord, accepte Alfonso avec un sourire chaleureux.

– Super ! lui sourit Meena. À plus !

Et elle sort de scène comme sur un petit nuage !

Le vaisseau spatial descend de nouveau sur la scène. Les spectateurs distinguent Rosita et Gunter à travers la verrière.

– Capitaine, dit Gunter d'une voix de robot teintée d'allemand. Nous ne pouvons pas nous poser sur la dernière planète !

– Et pourquoi donc ? l'interroge la truie.

– Parce qu'il y a un énorme trou de ver, explique Gunter. Le vaisseau n'y survivra pas.

– Tu as raison, approuve Rosita en saisissant son casque. Le vaisseau n'y survivra pas… Mais moi, si !

La musique commence. Rosita et Gunter interprètent une chanson sur l'importance de réaliser ses rêves malgré les dangers.

Pendant ce temps, sous la scène, Jerry tente d'ouvrir la cage de son patron à l'aide d'un pied de biche.

– Attention à vos doigts, prévient-il.

VLAN ! M. Crystal pousse violemment la porte et Jerry vole contre un mur. Haletant et fou de rage, Crystal jaillit de sa cage, bien décidé à trouver Buster. Et à le punir…

Sur la scène, Rosita descend du vaisseau dans une belle chorégraphie et s'engage sur le plongeoir qui la terrifiait lors des répétitions. Arrivée au bout de la planche, elle découvre le gouffre qui la sépare de la scène. Tout essoufflée, elle cesse de chanter et recule jusqu'au vaisseau.

En coulisse, Buster marmonne des encouragements à la chanteuse :

– Allez, Rosita… Allez…

Mais tout à coup, Meena s'écrie :

– Attention !

Trop tard, hélas. Crystal vient d'empoigner Buster par le col et de le soulever de son siège.

Artistes et techniciens se massent autour du producteur, y compris sa propre fille.

– Papa ! glapit Porsha. Arrête !

Personne n'a le temps de secourir Buster : Crystal grimpe sur un monte-charge, appuie sur un bouton et la plateforme s'élève à toute allure vers la passerelle qui surplombe la scène.

– Monsieur Moon ! frémit Miss Crawly.

– Nooooon ! gémit Meena.

La plateforme s'arrête à trente mètres du sol.

– Cette fois, je te tiens, sale petit minable, gronde Crystal en basculant du monte-charge sur la passerelle.

Buster plante son regard dans celui du loup et lui rétorque :

– Non, monsieur, je ne suis pas un minable. Nous avons fait ce que nous étions venus faire, et vous ne pourrez rien y changer.

Le visage déformé par la rage, Crystal réplique :

– Oh, mais je fais ce que je veux.

Sur ce, il lâche Buster, qui chute vers la scène ! Terrorisé, le petit koala gesticule dans tous les sens. Quand Rosita voit la scène, elle se précipite sur le plongeoir sans la moindre hésitation. Puis elle se jette à son tour dans le vide – retenue par un câble, toutefois –, et elle saisit Buster au vol ! Le koala rouvre les yeux et hallucine de se retrouver dans les bras de la truie. Celle-ci le dépose sur une plate-forme surélevée en coulisse puis se tourne vers le public et se remet à chanter. Le reste de la troupe explose de joie !

Sur la scène, Gunter saute à son tour du vaisseau et flotte dans le vide. Les deux astronautes multiplient les loopings autour de la scène et au-dessus du public.

Furieux, Crystal s'apprête à redescendre par le monte-charge pour éliminer Buster mais… le monte-charge a disparu ! Suki l'a rappelé : elle en a plus qu'assez du comportement violent de son patron. Soudain, Crystal sent une pression sur son épaule. Il se retourne et se trouve face à face avec Big Daddy. Le gorille affiche un sourire banane.

De leur côté, Rosie et Gunter se posent sur un rond de lumière au centre de la scène comme deux vrais héros.

La chanson terminée, le public se déchaîne, tout n'est plus qu'applaudissements et vivats. Norman et les cochonnets acclament Rosita.

– Je t'aime ! lance même Norman.

En coulisse, Miss Crawly, Meena, Nooshy et Johnny font eux aussi la fête, quand Buster les rejoint.

– Oh, monsieur Moon, s'inquiète l'iguane. Vous vous sentez bien ?

– Mieux que jamais, lui sourit le koala. Où sont Ash et Clay ?

Dans une loge privative, Clay ouvre son étui de guitare pour la première fois en quinze ans. À l'intérieur, il trouve une photo de son épouse, Ruby. Cela suffit à raviver la douleur de sa perte, alors le lion referme l'étui.

Ash passe la tête à la porte de sa loge.

– Clay ? demande-t-elle. Clay ? Vous êtes là ?

L'ancienne star s'avance vers la jeune musicienne, perdue dans ses pensées.

– Tout va bien ? l'interroge Ash.

– Hmm, hmm, fait le lion.

Sur la scène, Rosita et Gunter s'approchent de l'entrée d'une superbe grotte de cristaux. Rosita prononce sa réplique :

– Journal de bord du capitaine. Nous avons survécu au trou de ver et nous sommes posés sur la dernière planète. L'explorateur disparu

doit être dans les parages mais mon scanner ne repère aucun signe de vie.

À l'autre bout de la grotte, côté coulisse, Ash angoisse.

– C'est à vous, annonce-t-elle à Clay.

Mais son partenaire reste figé, muet.

– Clay, insiste le porc-épic. Il est temps de tourner la page.

– Et je ne vois aucun signe de vie, ajoute Rosita pour gagner du temps. Cette grotte a l'air complètement déserte.

Clay se met à haleter d'angoisse.

– Clay ? le relance encore Ash. Tout va bien.

– Oh que non, répond le lion, toujours rivé sur place.

Ash voit combien il souffre.

– Chantez, lui conseille-t-elle. Vos chansons vont vous aider.

Mais le lion secoue la tête et réplique :

– Non, tout ceci est une erreur.

– S'il vous plaît, l'implore Ash.

– C'était il y a si longtemps, se désole Clay. Je ne suis pas prêt. Désolé mais je ne suis pas prêt.

Gunter et Rosita scrutent l'entrée de la grotte de cristaux sans trop savoir quoi faire. Tout à coup, Ash sort de la grotte – elle interprète *a cappella* une vieille chanson de Clay Calloway. Buster et Clay l'observent depuis la coulisse. Ash se met face au public, lève les mains…

… et la salle entière se met à chanter avec elle ! Tous les spectateurs connaissent cette chanson et l'adorent.

Quand le vieux lion entend le public, ses yeux s'emplissent de larmes. Il saisit sa guitare, enchaîne les accords. À l'instant où les spectateurs l'entendent, ils poussent des vivats, applaudissent à tout rompre. C'est alors que

Clay Calloway sort à son tour de la grotte de cristaux en chantant. Le public se lève, fou de joie.

Ash et Clay interprètent la chanson en duo. Clay adresse un sourire à sa partenaire pour la remercier de l'avoir encouragé. Derrière sa console, Buster est aux anges.

Au moment du refrain, les spectateurs accompagnent encore les artistes : le théâtre entier chante en chœur. Le costume d'Ash s'éclaire, sa lumière envahit la scène tandis que le porc-épic, Clay, Gunter et Rosita s'élèvent dans le vide en direction du vaisseau. Quand la dernière note retentit, Rosita déclare :

– Mission accomplie. Nous rentrons.

La chanson s'achève dans le tonnerre d'applaudissements le plus tonitruant de toute la soirée. Norman et les cochonnets glapissent de plaisir. Clay observe les spectateurs, un sourire aux lèvres. Quel bonheur de retrouver la scène…

Dans le même temps, en coulisse, Big Daddy pousse Crystal au bas de l'escalier qui permet de descendre de la passerelle. La troupe s'est mise en place pour le rappel et les artistes appellent Buster à les rejoindre. Celui-ci s'exécute, passe devant Crystal.

La troupe a droit à de multiples rappels ; les révérences et les saluts s'enchaînent. Le public n'a pas envie de les voir s'en aller. Cette soirée a été véritablement… magique.

Crystal n'en revient pas. Le producteur est encore sans voix lorsque Linda Le Bon vient le trouver.

– Jimmy ! Vous entendez la foule ? Vous êtes un génie !

Toujours là pour complimenter son patron, Jerry embraie aussitôt :

– Un véritable génie, monsieur, c'est vrai !

Crystal finit par comprendre qu'il doit pouvoir tirer profit de ce triomphe.

– Tout à fait, Linda, dit-il. Vous avez tout compris.

La troupe salue une dernière fois. Lorsqu'ils se relèvent, ils découvrent à leur grande surprise que Crystal est venu se planter devant eux. Le rusé producteur adresse un grand sourire au public et lève les mains afin d'imposer le silence.

– Merci, merci, prononce-t-il. C'est trop gentil. Ça me touche. Sincèrement. Bien, écoutez, je suis très fier de ce spectacle. Nous avons accompli un travail fantastique – j'insiste, *fantastique*. Et quel bonheur de retrouver mon vieil ami Clay ! Vous savez quoi ? J'espère que ce spectacle va rester à l'affiche de mon théâtre pendant de très nombreuses années. Qu'en dites-vous, Moon ?

Le loup se retourne et constate avec effarement que la troupe s'est éclipsée. Il est seul en scène. Des rires fusent dans le public.

– Moon ? répète Crystal.

Les rires redoublent. Gêné, Crystal scrute les coulisses et avise six agents de police. À leur côté, Suki le désigne du doigt et dit :

– Messieurs les agents, arrêtez ce loup.

Dans le car qui les ramène chez eux, Buster et les artistes admirent une dernière fois les beaux hôtels, les parcs d'attraction, les fontaines et les monorails de Redshore City.

Johnny et Nooshy se partagent des écouteurs et font signe à Big Daddy qui les double dans son camion. Gunter est assis à côté de Meena qui discute en vidéo avec Alfonso – son amoureux. Ash somnole, la tête sur l'épaule de Clay. Les cochonnets dorment à côté de Miss Crawly.

Buster a pour voisine Porsha. Tous deux se retournent et aperçoivent par la lunette arrière du car une pancarte qui proclame : « REDSHORE CITY VOUS DIT AU REVOIR »

TAP ! TAP ! TAP ! Quelqu'un toque à la vitre. C'est Suki ! Juchée sur une mobylette, elle s'est portée à la hauteur du car.

– ARRÊTEZ-VOUS ! réclame-t-elle.

Les voyageurs font un vol plané quand le chauffeur écrase la pédale de frein. Dix secondes plus tard, Suki monte à bord et se plante au milieu de l'allée centrale.

– Le Majestic vient de m'appeler, annonce-t-elle, un peu essoufflée. Ils ont adoré votre spectacle et souhaitent le mettre à l'affiche !

Et aussitôt c'est la folie dans le car !

Une longue voiture s'arrête devant le Majestic pour la grande première d'« Un autre monde ». Le chauffeur ouvre la portière à Nana Noodleman qui s'engage sur le tapis rouge sous le crépitement des flashes des photographes. Vêtu d'un smoking, fier comme jamais, Buster offre son bras à Nana et l'escorte à l'intérieur.

En coulisse, la troupe s'approche du rideau. Tout le monde est prêt. Nana passe en revue les artistes en leur envoyant des baisers de loin.

Après quoi Nana, Buster, Miss Crawly, Norman et Alfonso vont s'installer dans une loge au balcon. Sitôt assis, Buster se relève et se penche par-dessus le bord du balcon. Il couve le théâtre d'un regard plein de joie et d'émerveillement…

Le rideau se lève. Le spectacle peut commencer.

FIN

TABLE

hachette s'engage pour l'environnement en réduisant l'empreinte carbone de ses livres. Celle de cet exemplaire est de :
600 g éq. CO_2
Rendez-vous sur
www.hachette-durable.fr

PAPIER À BASE DE
FIBRES CERTIFIÉES

Photogravure Nord Compo - Villeneuve-d'Ascq

Imprimé par Macrolibros en Espagne
Dépôt légal : décembre 2021
Achevé d'imprimer : novembre 2021
68.5589.9/01 – ISBN 978-2-01-716184-4
Loi n° 49956 du 16 juillet 1949
sur les publications destinées à la jeunesse